Las voces de Adriana

ELVIRA NAVARRO

Las voces de Adriana

RANDOM HOUSE

Papel certificado por el Forest Stewardship Council®

MIXTO
Papel procedente de
fuentes responsables
FSC® C117695

Penguin
Random House
Grupo Editorial

Primera edición: enero de 2023

© 2023, Elvira Navarro
Casanovas & Lynch Literary Agency, S. L.
© 2023, Penguin Random House Grupo Editorial, S. A. U.
Travessera de Gràcia, 47-49. 08021 Barcelona

Printed in Spain – Impreso en España

ISBN: 978-84-397-3802-2
Depósito legal: B-20.221-2022

Compuesto en La Nueva Edimac, S. L.
Impreso en Unigraf (Móstoles, Madrid)

RH38022

A Rubén

ÍNDICE

I. El padre 11

II. La casa 73

III. Las voces 95

Agradecimientos 143

I

EL PADRE

Cuando trabajaba, Adriana abría Twitter cada media hora. No solía haber nada interesante. Aunque echaba un vistazo distraído, como si deslizarse por el *timeline* fuese un tic, a veces se encontraba con algo que parecía una respuesta a sus pensamientos: así una mañana en la que reflexionaba sobre la enfermedad de su padre. «La muerte te acecha toda la vida. No escaparás a ella. ¿Y si te conviertes en su becaria?». Se trataba de la publicidad de un videojuego en el que la muerte tenía una becaria. Abrió el enlace y miró la carátula. La Parca era como un duendecillo enfadado, con guadaña reluciente y unos cuantos espíritus azules de ojos hundidos, parecidos a zombis. En ellos, el espíritu y la carne corrompida se fusionaban de manera amable. La putrefacción del cuerpo persistía en el Más Allá, donde carece de sentido.

El cuerpo solo tiene sentido en el mundo de los vivos. Adriana llevaba unos cuantos meses preguntándose cómo actuar con su padre, que maltrataba indolentemente el suyo. ¿Debía obligarle a ir a rehabilitación y darle la lata con los peligros del tabaco, o dejarle en paz?

Su padre se negaba a andar y se fumaba casi dos cajetillas de rubio al día. Quizá le estaba pidiendo que ella fuera la becaria de su muerte y en eso residía ser una buena hija: en permitir que se matara con la nicotina y sin levantarse de su butaca. Al fin y al cabo, el deseo de que mejorase, de que durara muchos años y recuperase las piernas, era de ella. No quería quedarse sin padre porque eso significaría la desaparición de su familia. Tampoco que se volviera dependiente, pues entonces la vida sería penosa para los dos. Y no sabría qué hacer: ¿llevárselo a vivir con ella o dejarle en manos de una cuidadora?

Por otra parte, ¿quién era ella para obligarle a actuar de un determinado modo? Siempre le había molestado que los adultos trataran a sus padres como si fueran niños. Si él se ventilaba cuarenta cigarros diarios y diez horas de televisión, no se debía a que quisiera matarse. Esa era la interpretación de Adriana. Él solamente disfrutaba a su manera, y la comodidad siempre había sido prioritaria. Bueno, no del todo. Antes del ictus, la comodidad había ido a la par con el servicio a los demás. Su generosidad no conocía límites. Pero ahora hacer favores se había convertido en algo doloroso. Le costaba demasiado moverse. Él, que nunca había tenido ningún problema de salud grave, por primera vez sufría el cuerpo, lo sentía como un enemigo. Caminaba con andador, y no sin esfuerzo; al haber perdido masa muscular y coordinación, arrastraba las piernas, una dañada por la embolia y la otra por una operación de cadera. Usaba la musculatura del abdomen, lo que le producía dolor en la espalda. También le dolían los pies y se ahogaba. Cuando ella le «obligaba» (¡de nuevo esa palabra!) a pasear, él se detenía cada cinco minutos para sentarse en el andador, encenderse un cigarro y mirarla con odio. Ella no soltaba el hueso. «Tienes que caminar», «Tienes que ir a rehabilitación», «Tienes que dejar de fumar», insistía. Acto seguido, se justificaba: «Te lo digo por tu bien». Aquellas seis palabras, que su madre le repitió siempre en vida y que Adriana detestaba, se escapaban ahora de su boca a borbotones. Se había convertido en una máquina expendedora de «Te lo digo por tu bien». Su madre se encarnaba en ella; la censora y la manipuladora la invadían, como en una película de posesiones diabólicas. Pero ¿qué sabía nadie sobre lo que era bueno para los demás? ¿No se moría de cáncer tanta gente joven atiborrada de aire puro, deporte y verduras crudas?

Que su padre fuese a morir antes que ella solo era una suposición basada en una estadística incumplida en su propia familia. A su sanísima madre se la había llevado un linfoma poco tiempo atrás. Su bisabuelo falleció nonagenario hartándose de Ducados y puros. Sus dos tías paternas continuaron con el Marlboro tras sendos tumores malignos en el pecho y aún seguían fumando, cumplidos ya los ochenta, mientras que una prima monja de costumbres celestiales se había ido al otro mundo a los treinta y nueve. Y la excepción no era solo cosa de su familia. La mujer más longeva del mundo vivió ciento veintidós años y solo renunció al tabaco al cumplir cien. Se había quedado ciega y le molestaba pedir fuego. «¡Está demostrado que, si fumas, te mueres antes!», tronaba Adriana a pesar de todo, como si se hubiera convertido en una representante de la OMS. Después de martirizar a su desolado padre con los hábitos saludables que él no seguía, se castigaba por torturarle para nada. Parecía que solo existiese una cosa a la que rindiera culto: provocar culpabilidad. Primero en los otros, y luego en sí misma como expiación.

Cuando le dio el ictus, su padre estuvo veintisiete horas tumbado en el suelo con un brasero eléctrico encendido que chamuscó la punta de un cojín. Logró alcanzar el teléfono fijo y marcar el único número que le vino a la cabeza —sorprendentemente, el de una cuñada—. Era un milagro que siguiese vivo, tanto por el tiempo que había pasado sin que nadie le asistiera, como porque el cojín no hubiese prendido. No pudieron apagarse, en cambio, las consecuencias de la apoplejía. Llegó al hospital con una pierna, una mano y la mitad del rostro paralizadas. No era consciente de haber pasado veintisiete horas sobre un terrazo frío, apenas arropado por las enagüillas de una mesa donde el brasero eléctrico seguía ardiendo. Ella pensó en la paradoja de que el brasero, que podría haberle matado si el cojín se hubiera incendiado, finalmente le salvara de una hipotermia. Fue un enero gélido incluso en Valencia; ese año nevó, aunque sin cuajar, y helaba dentro de aquella casa de muros gruesos.

La obstrucción arterial solo le afectó el hemisferio derecho y no perdió el habla. Pasó tres meses en una residencia hasta que pudo sostenerse de nuevo sobre sus dos piernas. Adriana fue a verle todos los fines de semana. Tomaba el mismo tren en el que llevaba tres lustros viajando para visitar a su familia. Jamás en todo ese tiempo se había fijado en que, en la parte superior de las ventanillas, ponía «Ventana de socorro». Solo cuando su padre enfermó, aquel «socorro» se tornó nítido, como un reflejo de su llamada de auxilio. ¡Socorro! La palabra se perfilaba contra las nubes, contra un firmamento pletórico. La ventana pedía ayuda al cielo, o indicaba que el camino para la salvación estaba en las alturas, fuera de este mundo.

Al fallecer su madre, le dijeron que se había quedado huérfana. Le pareció excesivo. Asociaba esa palabra a niños o adolescentes, a la precocidad en la desgracia, a orfanatos. Pero ella había cumplido los treinta cuando la enterraron. Era una adulta y su madre llevaba mucho tiempo enferma: la muerte se presentó como una liberación. Sin embargo, ante el ictus de su padre sintió miedo. De repente experimentó esa orfandad que antes había estimado impropia de su edad. Cuando los hijos empiezan a ser padres de sus padres, ¿comienzan a estar definitivamente solos? La razón le decía que no, pero en el corazón llevaba un desgarro anticipado. ¿Se moriría pronto su padre? Recuerda que cuando, en una calurosa tarde de mayo, su madre le reveló que tenía cáncer, a pesar de que los médicos le habían dado esperanzas, Adriana supo que no se iba a curar. Después pensó que aquello no se debió a ninguna intuición, sino al descubrimiento de la propia finitud, vista de cerca en quien la había parido. Adriana era carne de su carne y no se iba a quedar aquí eternamente: solo asumió esa obviedad cuando su madre le mostró el camino de salida. Esa había sido su última lección.

Sobre su padre, en cambio, no tenía seguridad alguna, ningún presentimiento. Ignoraba si tras ese infarto cerebral iban a venir otros o si viviría veinte años más en una nube de humo, apurando cigarrillo tras cigarrillo. Ignoraba asimismo cuál iba a ser aquí la lección, si es que había alguna. No es que creyera en fuerzas cósmicas conspirando para aleccionar a humanos despistados, pero le resultaba absurdo no aprender nada. Era como esos tuits que le parecían respuestas a sus pensamientos, aunque no lo fuesen. «La muerte es un maltrato para los adictos a la narrativa»: ahí otro que se le había quedado zumbando, pues se trataba de una forma ingeniosa de decir lo de siempre, que morir es una putada.

Pronto establecieron una rutina. Ella llegaba al geriátrico el viernes por la noche, le acompañaba hasta el comedor, esperaba a que cenase y luego le ayudaba con el aseo y el pijama. Después se volvía al piso familiar, donde había vivido hasta los dieciocho años e ido de visita cada mes y medio. Recorría las habitaciones y abría la nevera vacía. Nada le impedía guardar allí unas cuantas cosas de una semana para otra, yogures o huevos, pero le gustaba observar esa soledad extraña de la casa, no dejar rastro de su estancia. Pasaba todo el sábado con su padre en la residencia. Le sacaba a pasear en silla de ruedas y se sentaban en una horchatería. A veces recibían visitas de amigos, de sus tías paternas y de algunas sobrinas; aquella escasa vida social se concentraba siempre en el fin de semana, pues su padre apenas se relacionaba con jubilados como él. Ponerse en el papel de anciano le espantaba. «Yo tengo entre treinta y cuarenta años —decía—, pero mi cuerpo tiene más». Ella se lo imaginaba entre semana, solo, aburrido y paciente, con un amago de tristeza, una desesperanza pequeña e insólita en él, que jamás había estado desesperado ni triste durante mucho tiempo.

Siempre había sido optimista, tolerante, capaz de trasmitir alegría y paz. Su padre tenía una fortaleza total, desmesurada. Pero en el geriátrico su alegría se había resentido. Convivir con viejos ensimismados, casi muertos, a veces atrapados en movimientos espasmódicos o en algún lugar del pasado, era un golpe demasiado duro. No se reconocía en ellos. No podía hablar con nadie que no tuviera un pie en la tumba, salvo con el personal de la clínica, todos esos auxiliares y médicos y fisioterapeutas de los que se hizo amigo y que le procuraban un consuelo relativo, pues no se relacionaban con él de igual a igual. Aquella gente iba allí a desempeñar un trabajo y su padre era un paciente más, uno privilegiado, eso sí, pues no iba a salir de la residencia metido en un ataúd, sino por su propio pie. Por esa razón, los rehabilitadores se esmeraban con él.

¿Tenía sentido, se preguntaba Adriana cada vez que observaba a todos aquellos viejos apiñados frente a un televisor en una sala común, que la medicina siempre buscara alargar la vida, aun a costa de que un ser humano pasara sus últimos años como un vegetal? Siempre se contestaba lo mismo: ¿qué sabía ella sobre cuándo era mejor morirse, sobre las circunstancias de aquellos ancianos, de si a sus hijos les confortaba verlos o de si, a pesar de todo, ellos preferían tener la existencia de un mueble antes que estirar la pata?

Él se esforzó como nunca para recuperar mínimamente la movilidad. Tenía unos pocos ahorros por haberle ganado un juicio a la Seguridad Social sobre sus años cotizados, pero no le alcanzaban para pasar más de tres meses en ese geriátrico, caro porque ofrecía rehabilitación diaria. Así que, a pesar de lo que detestaba el esfuerzo físico, batalló para sostenerse de nuevo en pie. No se saltaba ni una sesión de ejercicios. Dejó de fumar no por voluntad propia sino porque estaba prohibido, y además no encontró a nadie que le consiguiera tabaco. El personal no se dejaba engatusar, y la mayoría de los ancianos ya no pensaba en fumar ni en nada.

Para darle algo de fiesta y quitarle el sabor de los purés sin sal y sin gracia de aquel lugar, los domingos Adriana preparaba unos bocadillos de jamón de bellota y hacían un pícnic en el jardín. Después iban a la horchatería y a las siete ella le dejaba en su cuarto y se marchaba a la estación. Arrastraba una maleta hasta el paseo marítimo, pues el geriátrico no estaba lejos de la Patacona, y caminaba hasta casi el final de la Malvarrosa, donde tomaba un autobús.

Al final, su padre logró hacerse amigo del único viejo que no parecía un alma del Purgatorio, pues no padecía demencia ni era demasiado mayor. Pero estaba sordo.

—Está aquí mi hija —le decía cada viernes cuando ella llegaba.

—¿Qué? —respondía el señor sordo.

—¡Mi hija!

—¡Ya me la presentaste! ¿Qué tal estás?

El hombre le estrechaba la mano a Adriana y le hacía una reverencia. Caminaba veloz con un andador, como si no lo necesitara salvo para sentarse a hacer las colas que había para todo. Cola para comer; cola para el podólogo, que arreglaba pies que eran como muñones o rocas; cola para el peluquero y para la revisión médica y para los turnos de terapia ocupacional. El hombre sordo había entrado allí voluntariamente para acompañar a su mujer, que tenía alzhéimer y falleció al poco. Él se quedó; le había encontrado el gusto a que le prepararan la comida y le limpiasen la habitación. Además, salía y entraba a su antojo. Y lo fundamental: a nadie le estorbaba que estuviera sordo. Se había convertido en una suerte de animador de zombilandia. Sabía el nombre y la habitación de todos los residentes, les saludaba, les hacía favores y fiestas y, como no oía, el que los ancianos no dijeran nada o le respondieran alguna barbaridad no le importaba. Su padre y él mantenían una tertulia imposible, y la conversación retumbaba por todo el comedor mientras los otros viejos castañeaban las dentaduras postizas en las cucharas de sopa. El hombre sordo rezumaba buen humor; cuando ella iba en el tren y miraba el «Ventana de socorro» proyectado en las nubes blanquísimas, le parecía que ese blanco era el cabello del señor sordo y de los demás ancianos, y que el tren atravesaba una senectud purísima con parada en la residencia, donde la esperaba devotamente su padre en una sillita de ruedas, recortado contra la luz que restallaba en las cortinas. La habitación era grande y el servicio decente; en cuanto él la veía, se alzaba sobre sus dos patitas, que eran como hebras, y le enseñaba sus proezas con el andador. Primero fue capaz de moverse por la habitación, más tarde por el pasillo y luego ya pudo ir solo a comer. Entonces abandonó el geriátrico.

Llegó el turno de Vilma, una mujer ecuatoriana que le cuidó en la casa sin que ello supusiera un alivio para la estrechez económica de su padre. Vilma estaba en régimen de interna y libraba los fines de semana, cuando Adriana le hacía el relevo. Él tenía que seguir con la rehabilitación, que la Seguridad Social no le cubría; Vilma, el fisio privado y los gastos corrientes volvían a comerse la pensión entera y lo poco que le quedaba del dinero ganado en el juicio a la Seguridad Social. Pidieron una ayuda a la dependencia, pero se la denegaron porque su padre recibía una buena pensión. Era verdad, y sin embargo no le llegaba para cubrir sus necesidades. El Estado daba por hecho que todo el mundo contaba con alguien dispuesto a hacerse cargo de una persona impedida. ¿Qué pasaba con quienes no tenían a nadie?

Demostró enseguida que podía estar solo en casa, pero no porque su movilidad mejorase, sino porque aquel era su hogar, un espacio que formaba parte de sí mismo. Había vivido allí casi tres décadas y lo llevaba en los huesos. Jamás se tropezaba porque se sabía de memoria dónde había una baldosa suelta, y sin pensarlo era precavido al pisar el suelo recién fregado de la cocina. Le tenía tomada la medida al baño, a la cama, a los botones de sus camisas, que tardaba unos diez minutos en ponerse al habérsele quedado una mano tonta, como permanentemente dormida o permanentemente despertándose, a punto de volver a ejecutar movimientos con precisión y frustrada en el intento de asir la cucharilla, el tenedor. Pero mientras no se obstinara en hacer lo que no podía —o hasta que se acostumbró a ello, a que estaba limitado para hacer gestos cotidianos incluso en su casa, como rebanar el pan o cortarse las uñas—, todo iba bien. Aunque caminaba con andador, no había que acompañarle al baño, podía abrir los cajones más bajos de los armarios y no vacilaba en sus pasos, en su lentitud, como le ocurría en el geriátrico. El sentirse a salvo le llevó a querer apañárselas solo.

Pero Adriana se negó a que prescindiera de la cuidadora, al menos al principio. Los viernes, cuando llegaba a Valencia para relevar a Vilma, le daba unas instrucciones neuróticamente precisas sobre los hábitos que tenía que adquirir su padre. Al tercer fin de semana que la sustituyó, Vilma le dijo:

—Su papá ha vuelto a fumar.

Esperó hasta la noche para sorprenderle. Cuando olió el humo del cigarro, que llegaba hasta su balcón abierto, entró en el dormitorio de él llena de furia y poco le faltó para despertar al vecindario entero. Al día siguiente se sintió miserable y pensó que prefería verle incurrir en todo lo que el neurólogo le había prohibido —prefirió, en fin, que le diera otro infarto cerebral— a abroncarle de ese modo. También le robó un cigarro, que se fumó en el balcón con suma culpabilidad y aprovechando que él había ido a pasear. Solo fumaba cuando bebía o con amigos, pero tras el ictus de su padre se había jurado no dar una sola calada más.

Él estaba dispuesto a no doblegarse ante su enfermedad, ante los médicos ni ante ella. El tabaco no fue la única prohibición que se saltó. Enseguida volvió a usar el coche. El neurólogo le había aconsejado no conducir hasta que no mejorara sus movimientos, pero su padre arrancó una tarde su Toyota y se puso a dar vueltas por la ciudad, eufórico y con su mano tonta, con la que apenas podía agarrar el volante. Asimismo, despidió a Vilma. Con el mes de antelación requerido, le dijo que ya no contaría más con sus servicios porque era capaz de estar solo.

—Eso no fue lo que acordamos —le espetó Adriana—. Vilma iba a quedarse hasta que me dieran las vacaciones.

—No quiero acabar con todos mis ahorros. Teresa vendrá dos días y me dejará comida preparada. Así llegaré a fin de mes y la podré dar de alta —respondió él. Luego añadió—: No necesito a nadie. Puedo ducharme sin que me vigilen. Con mi silla de baño nunca me he caído.

Teresa era la asistenta que siempre había ido a su casa a limpiar, y ahora se encargaría también de cocinar. Adriana le replicó que, si incumplía las promesas que le había hecho (olvidaba que era ella quien le había obligado a hacer esas promesas; ¡otra vez la palabra aterradora: obligar!), entonces no se quedaría con él en verano. Sin embargo, cuando llegó julio se sacó un billete de tren a Valencia con vuelta para finales de septiembre y pasó allí casi tres meses. Durante ese tiempo, le vio dejar la rehabilitación. Él le prometió (ella le obligó prometer) que, a cambio, haría lo que el médico le había prescrito: caminar una hora al día. Jamás anduvo una hora al día: solo salía a la calle para comprar tabaco, dar un paseo corto y sentarse en alguna terraza. No obstante, él afirmaba caminar una hora, pues su sensación era que, en efecto, llevaba demasiado tiempo moviéndose. Le contaba cuentos sobre su recuperación, no por mentirle, sino porque comenzaba a creer que esta acontecería por arte de magia o como una reacción natural de su cuerpo, a pesar de que en el geriátrico había aprendido que el movimiento solo se recobra con intensas sesiones de ejercicios. Pero la prioridad de su padre no había sido volver a andar, sino salir del Purgatorio para vivir como le diera la gana.

Adriana empezó también a preocuparse por otras cosas que hasta entonces había pasado por alto.

Por ejemplo: Teresa le dejaba comida que a veces él tardaba en consumir. Siempre se había negado a tirar alimentos. Ella le había visto comerse ensaladillas rusas que llevaban más de cinco días en el frigorífico, retirar los hongos blancuzcos de la salsa de tomate de bote y echárselo a los macarrones o derretir queso enmohecido en la sandwichera arguyendo que así sabía mejor, a roquefort. Pero todo tenía un límite. O más bien: ella tenía un límite, no su padre. En plena ola de calor, descubrió en la nevera una tortilla que se había puesto verde en una esquina.

—Quítale lo verde, me la voy a comer —dijo él.

Adriana, después de prevenirle de que podía acabar licuado y con un gotero en una cama de hospital, tiró la tortilla a la basura delante de las narices de su padre, que abandonó la cocina enfurecido y decepcionado.

—Para esto, prefiero que no vengas —le soltó él algunas horas más tarde, con la calva sudorosa y un cigarro apagado en la comisura de los labios.

De nuevo se sintió mal y pensó que debía dejarle en paz.

Para ser permisiva con él, tenía que serlo consigo misma, convertirse en su padre, al menos en algún aspecto. Siguió robándole cigarros y escondiéndolos en la habitación del fondo de la casa, como una adolescente. Le tomó el gusto a fumar en secreto. Fumaba esos pitillos con una urgencia absoluta, como si estuviera enganchada sin remedio.

Desde que había muerto su madre, y mucho antes de que su padre sufriera la apoplejía, habían dejado de hacerse tareas domésticas antaño habituales e imprescindibles. Vaciar la nevera y desenchufarla para quitar el tímido pero incisivo olor que los alimentos depositaban era algo que se hacía en agosto. Ahora esa tarea anual se había transformado casi en una extravagancia, y el frigorífico exhibía un color amarillento similar al de las placas de sarro en los dientes. Había otras muchas cosas que antes eran cotidianas y que se habían vuelto anomalías que irrumpían iluminando las cosas; por ejemplo, reorganizar un cajón del baño que llevaba años sin abrirse. Entonces emergían un cepillo de dientes usado por su madre, horquillas con cabellos, algodón, un secador, rulos, cuchillas de afeitar, un cepillo. Poner de nuevo en uso ese cajón, que en el pasado se abría todos los días y se limpiaba con regularidad, era como regresar a un país al que hacía mucho tiempo que no retornaba: debía familiarizarse de nuevo con su idioma y sus costumbres. De vez en cuando ella procuraba hacer algo que había dejado de hacerse, algo que se había tornado tan raro como urgente, como si el antiguo orden de cosas, los viejos ritmos y usos lucharan por conquistar un hueco en el presente. Quitarles la mugre a los platos de cerámica del aparador. Lavar las cortinas. Usar el mortero o el exprimidor eléctrico. Tirar los botes de especias caducados y las medicinas. Su padre se negaba a deshacerse de los medicamentos. «¡La fecha de caducidad es una engañifa!», sentenciaba, y lo cierto es que parecía tener un ángel de la guarda en el estómago.

Durante unas vacaciones, antes de la embolia, Adriana limpió los recipientes del aceite usado y miró el filtro, los restos minúsculos de alimentos que había ido acumulando; se notaba que esa porquería no eran posos del aceite, sino pizcos de carne, de huevo, anodinas fibras de patata o cebolla, o simple polvo. En realidad, resultaba imposible saber qué había entre los agujeritos, solo cabía fabricar hipótesis y, fuera lo que fuese, sentir asco. Estaba segura de que los filtros no se habían lavado desde que su madre vivía. Teresa iba semanalmente a limpiar, pero en aquel entonces su padre se preparaba la comida y fregaba los cacharros. La asistenta solo hacía una limpieza general. Recuerda haber pensado que, si cocinaba una tortilla con aquel aceite, podría mascar células de la piel de su madre sin descomponer, como en una conserva.

¿Quién decidía lo que era descuido? La pregunta estaba ahí desde que se sintió responsable de su padre. Una responsabilidad que nadie le había impuesto, y menos que nadie él, quien durante los primeros años de viudo gozó de buena salud. Trató de no entrometerse, pues no tenía ninguna razón para hacerlo salvo su propia lealtad a que las cosas permanecieran como antes, cuando su madre estaba viva y la casa respiraba a su compás. Pero nada más cruzar el umbral arrugaba la nariz ante el polvo de los libros y el color cada vez más desvaído del juego de café de porcelana de Santa Clara heredado de su abuela, que dormía el sueño de los justos en una vitrina. Tras el ictus fue peor: ese rol de cuidadora contra el que había luchado se imponía. Incluso estaba bien visto. «Tu padre tiene que hacer ejercicio», le decían sus tías, «Apúntalo a un programa para dejar de fumar», «Llévatelo a Madrid», «Ojo con que alguna fresca le saque el dinero», «Vigila que no tenga un lío con la interna: esas se quedan con el piso». Hasta que dieron con Vilma, la selección de la mujer que iba a asistirle tras la apoplejía había sido un calvario de intromisiones bienintencionadas. De repente tuvo encima no solo su responsabilidad íntima, de hija, nacida de su vínculo, sino también las exigencias de quienes les rodeaban. Sus miedos. Si le hubiera hecho caso a su familia y a todos los amigos y conocidos, podría haber elaborado un *ranking* de peligrosidad donde, en el top de busconas, habrían figurado las bellas y frías mujeres del Este, seguidas por las viudas con deudas o hijos a su cargo y las caribeñas con su sabrosura. «No estáis para pagar Seguridad Social, lo mejor es una rumana sin papeles como la que yo tengo. No quieren darse de alta para que no las echen del país. Mañana te mando una», le dijo una tía lejana. Al día siguiente, una bellísima gitana rumana que parecía salida de un cuadro de Julio Romero de Torres llamó a la puerta de su casa. No hablaba ni una palabra de español. ¿Cómo iban a poder comunicarse su padre y ella?

Adriana había querido que todo fuese legal, y no solo por hacer las cosas bien, sino porque además lo consideraba una señal de seriedad, de que él iba a estar mejor atendido, aunque supiera que eso era falso. Trabajar de legal no hacía a nadie mejor. Mientras, su padre ya había empezado a sacudírselo todo: los miedos, las advertencias, incluidas las médicas, y cualquier atisbo de ruindad, porque jamás había sido mezquino. Él prefirió que la cuidadora no trabajara en negro simplemente porque era lo justo, aunque ello adelgazara sus ya exiguos ahorros, conformados por aquel dinero que le había devuelto la Seguridad Social tras mucho pleitear para que le reconocieran sus años de trabajo.

Ya que no había manera de reconciliar a los dos personajes que tomaban posesión de ella, su padre y su madre, para que llegaran a un acuerdo —batallaba consigo misma de manera idéntica a como sus padres lo habían hecho en vida—, siempre podía dejarse llevar por el menos problemático. A tal fin, no bastaba con robarle cigarros. Tenía que aprender a relajarse y a que le importara un pito su salud, y ello no debía significar que no valorase la vida, sino lo contrario: que le hacía un corte de mangas a la muerte no dedicando un solo instante a pensar en su posibilidad; que celebraba la vida como si la muerte y su emisario, el cuerpo, no existieran, tal y como hacía él. Sin embargo, no estaba segura de entregarse sin condiciones. Sentía miedo. ¿De qué? A lo mejor era una ilusión que pudiera elegir entre los personajes familiares que la invadían y debía resignarse a firmar un pacto de no agresión.

Adriana había intentado escribir sobre su madre sin conseguirlo. La comunicación tan difícil que siempre tuvo con ella seguía paralizándola. Incluso estando muerta, su madre desplegaba su exigencia. ¿Crees que te puedes acercar a mí de cualquier manera? No había modo de abordarla con naturalidad sin sentir que se quemaba, a diferencia de lo que ocurría con su padre: toda forma valía, por cualquier camino llegaba hasta él. A veces pensaba que, si decidiera ir a lo esencial de ellos, tendría que ensayar dos escrituras distintas, pues sus mundos eran opuestos. El de su padre alegre, ligero, hacia fuera, siempre en lo contemporáneo, mientras que el universo materno constituía una regresión no solo histórica, sino también psíquica: un viaje hacia el inconsciente.

¿Cómo aquel matrimonio no había naufragado? Se lo empezó a preguntar en la adolescencia, y durante años mantuvo sobre el asunto una ofuscación debida a lo que no se entiende mientras se es joven: que una pareja funciona por lo que sus mutuas diferencias compensan y complementan más que por sus similitudes.

Se conocieron tras venir de otras relaciones: su madre de pocas y largas, su padre de muchas y cortas. Ella tenía veintiséis, él veintinueve. Ella estaba de paso en Gerona por un congreso y aprovechó para quedarse unos días más en la playa. Se alojó en el hotel del que él era director. Antes había sido camarero, recepcionista, jefe de recepción, jefe de personal y asistente de director, a razón de un año en cada puesto. El encadenamiento de ascensos debidos a sus méritos y no a ser hijo de papá hostelero, así como los *affaires* con alemanas y suecas, le hicieron no vacilar cuando se acercó a aquella clienta de ojos verdes como rocas de jade que desayunaba sola. No había podido dejar de mirarla mientras avanzaba hacia el restaurante a desayunar él mismo, de fascinarse ya con aquella mujer pequeña, de maneras elegantes y delgadas. Saludó al camarero y al *maître*, y luego se sentó en una mesa junto a la de ella y le sonrió. Un buscavidas frente a una señoritinga. Se ganó un ademán furioso y no insistió; esa misma noche, cuando volvió a encontrársela en la cafetería, hizo gala de su poder dando indicaciones a unos y a otros, y entonces fue ella quien sonrió, aunque solo a medias, como pidiendo disculpas por el desabrimiento de la mañana. Ahí hubo una invitación a un Martini y displicencia de aquella mujer con acento extremeño ante las insinuaciones directas, simpáticas, desconcertadas y con altas dosis de inocencia de él. Su padre le había contado muchas veces lo difícil que había sido abordarla y Adriana había añadido los detalles a la escena: por ejemplo el vermut, único licor que su madre bebía, también un sándwich mixto, porque nunca la había visto cenar otra cosa en los hoteles. No se lo habría comido entero: jamás se acababa nada. Incluso cuando se trataba de un bombón, dejaba en el envoltorio una esquinita de chocolate, como si no hubiera manjar que no mereciese un poco de desprecio, y además la habían educado para ser dama-pájaro: el miedo eterno a engordar. Tenía vacaciones y se dejó invitar una semana al hotel. Luego a Adriana le cuesta unir la línea de puntos de un noviazgo que tuvo lugar por carta. Su madre trabajaba de pediatra en un ambulatorio de Benalmádena, a más de mil kilómetros de Gerona. Se casaron a los seis meses de objeciones de ella y entusiasmo enamorado de él. ¿Por qué aquella prisa entre dos personas que no se conocían de nada y que no eran ningunos pipiolos? ¿O tal vez sí lo eran? «Los dos queríamos sentar la cabeza», le había dicho su padre una vez. La explicación le resultó insípida, inverosímil. Lo cierto es que no encontró otra mejor. No mediaba un embarazo, tampoco eran feos, antipáticos, carentes de oportunidades. Tenían una vida que les gustaba. Su madre se echó atrás varias veces antes de la boda, no quería irse a Gerona, y cuando al fin estuvo allí, ya casada, no aguantó ni un año. No soportaba el trabajo de su marido, sin horario y con turistas hermosas rodeándole noche y día. Era funcionaria y pidió el traslado; le dijo no solo que se iba, sino que seguiría pidiendo traslados hasta establecerse cerca de su familia, en Badajoz. Él podía seguirla o quedarse. La siguió. Dejó su empleo y se convirtieron en nómadas durante unos años; no llegaron a vivir en Badajoz, sino en Valencia. No en la tierra de su madre, como ella pretendía, sino en la de su padre, a la que él nunca se había propuesto regresar.

Pasaron el resto de sus vidas juntos en una alquimia apenas reconocida que, muy habitualmente, tomaba la forma de reproche y hasta de guerra. Aquella incesante pelea les obligaba a negociar, a no aferrarse a sí mismos. Su padre aportaba tranquilidad, fortaleza y paciencia donde su madre era nervios, fragilidad y exigencia de inmediatez. Mandaba ella, pues poseía carisma y determinación; también era autoritaria y egocéntrica, y a menudo la invadía un miedo inexplicable, como si todo fuera a saltar por los aires. Frente a eso, su padre hacía de muro de contención. Dócil, indulgente, de una autoridad que no necesitaba imponerse. Le sobraba la confianza y no temía las calamidades porque se había hecho a ellas desde niño. Siempre veía oportunidades y eso le volvía fantasioso; su madre le obligaba a pisar tierra. Él se enredaba en infinitas digresiones, todas puntillosamente racionales, mientras ella resolvía de un plumazo mediante la intuición. Él desplegaba un buen humor constante, flemático; ella continuos cambios de estado de ánimo: de repente estaba furiosa y acto seguido hacía alguna observación mordaz y se reía a carcajadas. No conocía el sosiego, mientras que su padre apenas salía de él.

Adriana, que había heredado el lote completo de virtudes y defectos, no lograba ningún equilibrio en sí misma. Encarnaba todos los papeles con una lealtad desquiciada sobre la que no tenía control, y cuando se decía que podía firmar un pacto de no agresión entre sus herencias, tan solo se mentía.

¿A cuántas mujeres les había dicho su padre que las quería durante los últimos años, antes de sufrir el ictus, en la primera, segunda o tercera semana de salir con ellas? A su gato se lo dijo nada más verle cuando ella lo sacó del trasportín en una de sus visitas. «Te quiero, gato». La palabra que más la sorprendió al principio, casi inmediatamente después de enviudar, fue «preciosa». A su esposa jamás se la dijo; con ella tenía un lenguaje amoroso madurado con el tiempo, y ninguna de las palabras que le dirigía las volvió a usar con otra. Las mujeres con las que empezó a salir comenzaron a ser «preciosa», y también a Adriana la llamaba «preciosa» cada vez que hablaban por teléfono. «¿Qué tal estás, preciosa?», «¡Un beso, preciosa!». Ella se sentía como uno de esos ligues, y se preguntaba cuántas horas llevaría él hablando por el móvil para que, por inercia, tratara a su propia hija de «preciosa».

Su padre había hablado con mujeres interminablemente. Durante mañanas y tardes enteras, y a veces durante noches, había desgranado en el oído de las señoras, algunas de las cuales aparecían en Meetic con las cabezas cortadas para que no se las reconociese, el anecdotario de su vida. Además de «preciosa», había estado el «Esta vez creo que he encontrado a la persona adecuada». «Fulanita es un encanto, creo que ya he dado con la persona adecuada», le había dicho diez, veinte, treinta veces a Adriana, con el teléfono o el ordenador a mano para empezar un nuevo parlamento o chat con la siguiente cabeza cortada. «Por si acaso», le había respondido siempre al objetarle ella la incongruencia entre creer haber encontrado a la persona adecuada y ponerse a ligar a continuación con otra.

¿Qué significa un «Te quiero»? ¿Qué significaba para él? Pronto esas dos palabras, pronunciadas con un énfasis casual, como quien dice «¡Que te cuides!» o soba las mejillas del bebé rollizo de la vecina, poblaron conversaciones algo más íntimas. Ninguna de esas novias le había durado: cuando no las dejaba él, le dejaban ellas. «¿Ya has roto con Menganita?», le preguntaba Adriana. «¡Calla, calla! ¡Menuda tía pesada», respondía él, o «¡Menuda cotilla!», o «¡Menuda prenda!». «No tenemos casi nada en común», o bien «Es una mujer muy simple, no tiene mundo». Asimismo, estaban los «No tenemos nada de lo que hablar» y «Me aburría mucho con ella». A todas les había dicho poco tiempo atrás «Te quiero» con devoción trivial, y no con ánimo de mentirles, sino porque aquellos «Te quiero» expresaban más bien un deseo, la posibilidad de amar en el futuro a esa persona. La mayoría de esas mujeres había entrado en su juego con la misma ligereza que él, como si a cierta edad estuvieran curadas de espanto o arrastrasen maneras de ligar antiguas, cuando las palabras de amor funcionaban como eufemismos para nombrar sin escándalo los acercamientos eróticos.

Se había dedicado a salir con señoras que conocía en Meetic con cierta ofuscación por que la vejez no le pillara solo, pero sobre todo con una juventud recuperada, súbita, feliz. Había tenido diecinueve novias en cuatro años. Llamaba «novias» a todas con las que había estado durante, al menos, un mes. Eso formaba parte de su felicidad. El relato no era que buscaba pareja con desesperación y que ya llevaba diecinueve intentos, sino que había ligado con todas esas «chicas». Les decía así, «chicas», una palabra absolutamente juvenil, como su propio espíritu.

Esperó un verano antes de desatarse, justo el tiempo en el que Adriana estuvo con él en Valencia tras morir su madre. Después del entierro, que se llevó a cabo un 9 de julio bajo un sol calcinante, y tras verle desamparado por primera vez en su vida, decidió quedarse con él hasta finales de septiembre. Fueron tres meses empalagosos de humedad mediterránea, tristes, en los que se dedicaron a mirar fotos y a convocar a familiares y amigas de su madre para que escogieran ropa. Bueno, fue más bien ella la que repartió enseres mientras su padre daba vueltas por la ciudad en una Vespa cuando caía la tarde y hacía algo de brisa. De lo único de lo que se encargó él fue de arreglar papeles en interminables mañanas de burocracia. Hicieron un testamento para evitar problemas cuando el otro muriera. De noche iban a algún chiringuito de la playa, aunque a Adriana le desagradaba la cantidad de turistas que los cruceros desaguaban desde hacía unos años en una ciudad que, mientras duró su infancia y adolescencia, no se había considerado un destino turístico. Antes la Malvarrosa ofrecía un aspecto decrépito, sucio, encantador para ella. Pero ya hacía tiempo que habían convertido el antiguo balneario de Las Arenas, tan leve y elegante, en un hotel hortera, y toda esa zona del paseo marítimo en una sucesión de terrazas de comida más bien mala para guiris, con sangría y música ratonera.

Todo lo que hizo su padre ese verano fue darse de alta en Meetic siguiendo el consejo de un amigo. Se asomaba un rato por las noches, chateaba, pero poco más. No había citas. Aún se sentía demasiado aturdido por su viudez y buscaba refugio en los amigos y en sus dos hermanas, Asela y Piluca, ambas mayores que él. Estaban jubiladas y vivían en Santa Pola, al lado de Alicante, adonde le invitaban los fines de semana. Se lo llevaban a comer, a cenar, a pasar el día en la playa. Su padre odiaba mancharse de arena y se quedaba en un chiringuito mirando cómo los demás se bañaban, se achicharraban y se untaban cremas solares de alta protección que hacían que los cuerpos estuvieran blancos como cadáveres. Adriana declinaba la mayoría de las invitaciones de sus tías. Constató una cosa: a pesar de lo que se querían, no podían consolarse el uno al otro, primero porque cada uno debía hacer su duelo a solas, y luego, y sobre todo, porque el alivio pasaba por un horizonte común, un proyecto compartido, y eso no era posible. Ella tenía su aburrida vida de doctoranda y becaria en una universidad de Madrid, y su padre se veía abocado, de acuerdo con el tópico, a rehacer la suya, lo que implicaba encontrar a alguien en una situación parecida, con un deseo de afrontar el trecho final en compañía, pues de ninguna manera quería estar solo. Únicamente compartiendo sus días con una mujer le encontraba sentido a las cosas, a sí mismo. Él le hablaba largo y tendido sobre esto, como si así se asegurara un cumplimiento. Era lo que le tocaba hacer ahora, insistía, encontrar a una persona sensata con capacidad para el compromiso. La repetición dejaba cierta incredulidad en el aire, pues lo que se da por hecho no necesita ser convocado. Y su padre, en verdad, no daba nada por hecho; persistía una duda de fondo. Ella ignoraba si esa desconfianza procedía del miedo a no acatar sus propios planes, a no fiarse de ellos ni de sí mismo, o simplemente de no haber digerido aún la muerte de su esposa.

La fiesta empezó en octubre. Ella estaba de vuelta en Madrid y su padre comenzó a enviarle al correo electrónico fotos de señoras con las que coqueteaba o quedaba. «¿Qué te parece esta?», le decía. Luego se compraron unos *smartphones* y se instalaron WhatsApp, y en vez del Gmail, fue su móvil el que se llenó de imágenes de mujeres de entre cincuenta y muchos y sesenta y pocos. Era importante que ella diese el aprobado al físico, pero no por la delgadez, la belleza de unos ojos o los muslos de gimnasio, sino por algo más sutil que se desprendía del aspecto, como si de la pulcritud se infiriera una capacidad infalible para el compromiso, que era lo que a él le obsesionaba.

Primero salió con una viuda de Masanasa llamada Quela que tenía campos de naranjos y que le regaló a Adriana una pulsera; la mujer se dedicaba en sus ratos libres a hacer bisutería con piezas de madera, conchas de mar y circonitas. Nunca la volvió a ver, pues su padre rompió a las pocas semanas arguyendo que era celosa. Luego vino Araceli, algo más joven que la anterior, que vivía en Sagunto y era clavadita a Jacqueline Kennedy. Su padre también la dejó, esta vez porque no podía ir a ningún restaurante con ella —todo le daba asco— y apenas hablaba. A continuación estuvo con Mari Carmen,

Amparo, Roser y Delfina, a razón de un mes con cada una, todas de Valencia capital, estiradas y de mechas rubias. Fueron ellas quienes le dejaron a él. Para la siguiente se fue más lejos, a la casa de una tal Nines en Castellón, donde planeó pasar cinco días. Nines le sacaba a su padre una cabeza y le doblaba el peso. En la foto aparecía teñida de pelirroja y grande, con los ojos y los labios pintados con purpurina morada. Nines, que también era viuda, le presentó a sus hijos, le hizo planes para las vacaciones, le dejó un todoterreno y creyó firmemente que acababa de encontrar al hombre con el que acabar sus días. Él, agobiado, la sacó enseguida del error. Entonces ella le acosó. Cuando su padre le desvió las llamadas y la bloqueó, Nines localizó a Adriana en Facebook y le dejó mensajes en su muro. «Tu padre es el hombre de mi vida», «Ninguna mujer le va a querer más que yo».

Le extrañó que a esa edad se tuvieran delirios románticos, que con más de sesenta años, hijos y un matrimonio a las espaldas todavía alguien creyese que en cinco días era posible amar a alguien. ¿O es que se producían regresiones? ¿Acaso la desesperación llevaba a desaprender, a negar lo que la experiencia enseña? ¿Se podía no aprender nada? ¿Quizás era que no había absolutamente nada que aprender? La idea le produjo un escalofrío. Por otra parte, esa mujer había sido la única sin un sentido realista de lo que era el amor. Lo habitual era la practicidad tanto de ellas como de su padre: buscaban compañía, una amistad, pero no había ninguna clase de ardor ni de sentimentalismo, sino un chequeo mutuo. Además, él evitaba a las que llamaba «descompensadas»: mujeres excesivas en algún sentido, excesivamente malhumoradas, excesivamente deportistas, excesivamente sensibles. Con Nines no había tenido reflejos, y tampoco los tuvo con Lourdes, que llegó después, decía estar separada de su marido aunque conviviera con él y se instaló en el piso sin que nadie la hubiese invitado. Una noche le cocinó unas croquetas y a su padre le dio gastroenteritis. Su tía Piluca la llamó inmediatamente por teléfono:

—¡Adriana, esa mujer está intentando envenenarle!

Este episodio le volvió cauteloso. Siguió quedando con todas las Nurias, las Cristinas, las Ángeles, las Lauras o las Consuelos que tenían a bien tomarse una cerveza, pero cuando iba a más con alguna, esperaba unas semanas antes de invitarla a casa. Si la mujer le gustaba especialmente, proponía un fin de semana de hotel en algún sitio cercano.

Aunque siguió informándola con puntualidad de sus ligues, Adriana perdió la cuenta. En sus visitas se sentaba tras él en el ordenador para mirar a todas esas «cabezas cortadas», así las apodaba ella, aunque en verdad, según él mismo le explicó, las cabezas cortadas no eran muchas: solo escondían su rostro las casadas y las timoratas, lo sabía por experiencia, y ya no se citaba con ninguna que no diese la cara, lo que no impidió que ella siguiera llamándolas de ese modo para fastidiarle.

No le preocupaba que llevase vida de muchacho. Se había pasado los últimos años cuidando de su mujer enferma sin quejarse, diligente y amoroso, y más de treinta a las órdenes de esa esposa que había sido una sargenta, con la misma diligencia y el mismo amor incondicional. Jamás pensó que la sobreviviría. Lo que reconcomía a Adriana era el dinero que su padre se gastaba. En unos meses acabó con unos ahorros modestos; a veces no llegaba a fin de mes y le pedía prestado a sus hermanas. «¿Y si mañana te pasa algo? ¡No tienes colchón!», empezó a decirle Adriana. «¿Y si se rompe el aire acondicionado, y si te quedas sin televisor y sin coche, y si todo eso llega junto?», seguía diciéndole en cada visita. «Cuando le gane el pleito a la Seguridad Social y reconozcan toda mi pensión, iré más desahogado —respondía él—. Además, me he quitado muchos gastos, pero tengo que encontrar novia». «¿Y no pueden pagar también ellas? Tienen su dinero. ¡Estamos en el siglo XXI, joder! ¿Por qué te las das de machote?». Su padre se encogía de hombros, lo cual en él significaba un no rotundo aunque supiera que carecía de razón. Estaba a punto de convertirse en un septuagenario y venía de una época en la que los hombres debían pagar para seducir, sobre todo en las primeras citas. Y ese era el problema: que no pasaba de las primeras citas. Se quedaba triste cuando ella se lo recordaba, pues no solo estaba perdiendo dinero a chorros, sino que le confirmaba su propia vejez.

Lentamente, la casa se había convertido en un laberinto. Tenían un piso grande, vetusto, plagado de las herencias de toda la parentela materna. Tapices, alfombras, librerías giratorias, cerámicas de todos los puntos de la península, varias cuberterías de plata y vajillas antiquísimas, grandes lámparas de cristal de roca, cuadros, grabados, tallas africanas, lladrós, relojes de pared, sillas, sillones, mesitas, estanterías que iban de la pared al techo en tres habitaciones con la biblioteca entera del único antepasado con ínfulas intelectuales, que murió célibe y acumulando cultura para varias generaciones. El piso era un *horror vacui*; requería de un cuidado continuo que antes solucionaban porque Teresa limpiaba cuatro veces a la semana. Ahora, cada vez que Adriana coincidía con la asistenta, esta la llevaba a un aparte y le decía: «¿No puedes convencer a tu padre para que tire papeles de su despacho? ¡Es imposible fregar!». O: «¿No puedes convencerle para vaciar los altillos?, ¿para llevar las alfombras a la tintorería?, ¿para limpiar las lámparas?, ¿para tirar algo, al menos?». Su padre no quería ni oír hablar de eso. ¿Por qué no lo hacía ella?, sabía que pensaba Teresa, ¿por qué la hija no aprovechaba sus visitas para arreglar un poco el caos? Pero ella ya había tirado lo suficiente cuando murió su madre, meses enteros se pasó aligerando los trasteros, donando libros a bibliotecas, anunciando cachivaches en Wallapop, hasta que se hartó, y también hasta que sus tías le advirtieron que no debía deshacerse alegremente de las cosas, pues según ellas las había de mucho valor. «¿Por qué no las subastas?», le decían. «Vais a necesitar el dinero», le soltó un día una prima lejana. Había un retintín de venganza en aquella advertencia. Ya no contaban con el sueldo de su madre, que se había ganado bien la vida como pediatra. Por otra parte, aunque Adriana dudaba del valor de aquellos trastos, se detuvo. Estaba harta de deslomarse. Resolvió no hacer apenas nada, hasta que llegó la embolia multiplicando las cosas de las que debía encargarse, y entonces quedó aún menos tiempo para todos esos cuadros y tapices y telas y vajillas y platería y libros y colchas de bisabuelas y tatarabuelas y las montañas de papeles y los trasteros atestados. La salud de su padre se convirtió en su principal y, por momentos, única preocupación. Señora Muerte y señora Manipuladora, dos deidades de la oscuridad que la habían empezado a rondar durante la enfermedad de su madre, cobraron toda su fuerza, y pensó entonces en esos dispositivos que en el futuro controlarían las actividades de las personas para avisarlas cada vez que se saltaran las buenas costumbres. «Llevas dos semanas sin hacer deporte», «Te ha subido la tensión», «El corazón te late hoy más rápido», «¿Tomaste tus pastillas?», «¿Has dejado de fumar?». Mientras tanto, ni siquiera después del ictus su padre pensaba en la muerte ni en que no fuera a recuperarse. Sí pensaba, en cambio, en lo mucho que le iba a costar encontrar novia con su mano tonta, su andador y su paso de tortuga.

Había cambiado Madrid por un pisito en Colmenar Viejo, a más de treinta kilómetros de la capital, tras conseguir trabajo como profesora en una universidad privada. Hacía más de un año que había finalizado su tesis y su padre aún estaba sano. Desde la facultad, en las afueras de la capital, hasta su nueva casa había solo tres paradas de cercanías. El entorno cambiaba drásticamente al dejar atrás el campus. Comenzaba un paisaje de polígonos industriales y bosque. No se trataba de un bosque como el que cualquiera se imagina al pronunciar esa palabra: árboles de buen porte conformando grandes masas densas y oscuras. Consistía en vegetación mediterránea intervenida desde hacía siglos por la mano del hombre. Pinos y encinas dispuestos a suficiente distancia, salpicadas por urbanizaciones, chalés, naves y dos universidades. Las montañas se erguían a lo lejos, casi siempre de color azul oscuro. Por la noche no tenían color y se confundían con el cielo negro; solo se veían las luces de los pueblos que estaban en sus faldas. Esa indefinición de poblaciones titilantes, campo, polígonos y casas parecía siempre la misma, y a la vez no dejaba de ser nueva por su carácter ignoto. En invierno, se acentuó la impresión de ir en un tren durante la madrugada, en el extranjero, recorriendo parajes solitarios. Si hablaba, solo podrían responderle en un idioma desconocido, aunque sobre todo habría silencio.

Tener un piso un poco más grande con un despacho para ella fue otra razón para irse fuera de Madrid, donde ya solo podía alquilar un cuchitril caro junto al pestilente basurero de Valdemingómez. Colmenar Viejo se situaba al norte, camino de la sierra; su apartamento era coqueto y desde él veía la carretera que llevaba a la capital y la estación de tren. Tardó mucho, demasiado, en adecentarlo y disfrutarlo, pues dos días después de la mudanza su tía la llamó a las once de la noche para decirle que a su padre le había dado un ictus. Recuerda haber mirado las paredes desnudas del salón, para las que estaba buscando estanterías, y sentir la desolación de su padre. Compró un billete de tren para primera hora de la mañana. Siguieron meses extenuantes de ir y venir a Valencia, y luego de ir y venir a la universidad, donde pasaba la mayor parte de la jornada; durante semanas tuvo la sensación de no tener una casa, pues no lograba estar el suficiente tiempo dentro de su pisito sin advertir la provisionalidad. Llegaba tan cansada que las cajas las fue deshaciendo penosamente; mientras permanecieron allí, le sirvieron de mesa baja para el comedor y de mesita de noche, y las recién abiertas, que tardaba en tirar, eran lujuria para su gato, quien estaba harto del ajetreo y la hacía correr por todas las habitaciones cuando sacaba el trasportín. Pasó medio año hasta que compró un somier y dejó de dormir en un colchón en el suelo, y también hasta que celebró esa reunión de amigos que la acompañaron a Ikea a por muebles y la ayudaron a montarlos a cambio de un fin de semana de diversión en Colmenar. Aquello significó emborracharse durante la cena y una mañana de ruta hasta el embalse de Santillana, desde donde refulgía la Pedriza a lo lejos, como un paisaje lunar. Sintió alivio. Había vuelto al fin al régimen de visitas que tenía con su padre antes de que enfermera. Fue entonces cuando encontró tiempo para releer todo lo que había escrito.

Primero mandó unas fotos de él en las que se le veía joven. Incluso muy joven. En una de ellas estaba subido en el tejado, con unos vaqueros y una camisa de cuadros. Tenía los brazos en jarras y miraba distraídamente hacia abajo. A través de los pantalones se notaba la musculatura de las piernas. Un mismo vigor corporal reinaba de cintura para arriba. Bajo sus pies, las tablas de las casas típicas de las películas americanas. Si ese hombre se había movido a tan temprana edad por un tejado con tal sentido de la propiedad, ahora, ya mayor, debía de resultar imponente. Pero no tenía sentido que mandase fotos de sí mismo con veinte años. Eso no le dejaba en buen lugar. Tenía que decírselo. Él entonces le envió otra reciente. Aparecía esta vez con unos pantalones verdes de camuflaje y un niqui blanco. Su brazo izquierdo se extendía sobre el respaldo de un sofá, como si hubiera estado rodeando a alguien (pero él decía que llevaba mucho tiempo solo, sin ni tan siquiera un escarceo). ¿Quién, además, le había sacado la foto? No podía ser sino una mujer que se acabara de levantar de su lado para retratarle. Si hubiera sido un hombre, él no tendría el brazo extendido. Aunque quizás eso era ir demasiado lejos. Podía pensarse en un amigo o en un hermano tomando esa imagen. El brazo extendido sería entonces un acontecimiento posterior y derivado del hecho de estar siendo fotografiado. El hipotético amigo se habría puesto en pie y él, al fin, se habría acomodado. En realidad, la mirada no arrojaba pistas sobre si lo que tenía delante era un hombre o una mujer. Él sonreía, y se trataba de una expresión carente de todo excepto de un relajo momentáneo, lo que hacía pensar en una foto casual, de esas en las que dos personas están enfrascadas en una animada conversación.

Los encuentros se le hacían interminables. Usaban el traductor de Google. Durante un par de semanas solo chatearon, pero un día él propuso hablar por Skype, a pesar de que no podrían más que balbucear «Hello!» y «Hola». Su aspecto por Skype no era muy distinto del de la foto del sofá. Miraba igual, su sonrisa dibujaba un cable metálico atravesándole el labio superior. Parecía que solo le satisficiera el encuentro si duraba más de media hora, como si la buena comunicación comenzara a partir de una cantidad de minutos.

A pesar de que disfrutaba observando a un hombre de Texas tan guapo y tan empeñado en mantener comunicaciones diarias en un idioma que no dominaba, lo sensato era ignorarle. La situación se tornaba cada vez más absurda y ni siquiera sentía ya curiosidad por sus intenciones. Entonces él confesó sus planes de irse a Mali a comprar oro a bajo precio. Tardó trece minutos de chat en contárselo. Iba a venderlo por el doble. Y estaba dispuesto a compartir los beneficios, escribió, previa traducción de Google Translate. Cuando ese mensaje apareció en la pantallita le hizo un guiño. Luego la mirada se volvió intensa y extraña; no apartaba los ojos de la cámara, tratando de expresar algo quizá profundo. Estaba ungido por la seriedad de sus propósitos y era lo más importante que le había contado.

El viaje tuvo lugar una semana después. No recibió noticias suyas en quince días. Cuando creía que ya no volvería a saber de él, recibió un e-mail, lo cual era insólito, pues jamás usaban el correo electrónico. Contaba que lo habían detenido en la frontera y que llevaba una maleta con oro. Necesitaba que le prestaran dinero.

Estaba claro: era hora de borrarlo de Skype y de Meetic, y de clasificarlo en la bandeja de Gmail como spam, junto a esos timos en los que un ricachón africano a punto de morir te pide que seas su heredero. Pero el tejano le había puesto mucho salero al timo; había que aplaudirle, y además sentía curiosidad por ver hasta dónde sería capaz de llegar. Mejor hacerse la tonta. Respondió con evasivas.

Él le siguió escribiendo e-mails con descripciones exhaustivas y desesperadas de su estado en la frontera de Mali. Letrinas inmundas, cacheos, lentitud, miradas retadoras, llantos que salían del puesto fronterizo durante la madrugada. Le asustaba la densa bruma del amanecer y no abandonaba su coche alquilado, donde dormía, hasta que aquella marea grisácea se disolvía. Le atacaba la paranoia y *pensaba que eran los del puesto quienes esparcían la niebla maldita sobre los coches de quienes esperaban. La niebla les provocaba a todos un miedo cerval; muchos de los hombres que llegaban hasta allí aún creían en una vieja leyenda africana según la cual la neblina del alba eran malos espíritus y, si uno de ellos tocaba a un humano, una enfermedad terrible le fulminaría, un padecimiento mortal. Cuando cesaba y al fin salía del coche, comprobaba que esos hombres habían hecho lo mismo que él: guarecerse en sus vehículos o en los baños, vigilar que no hubiera una procesión de espectros. Se les notaba el pánico en la cara, aunque a media mañana ya estaban reunidos en círculos y le miraban; a veces le daba la impresión de que le hacían burla. No había más blancos allí, y a pesar de ello parecían habituados a su presencia, como si él fuera el sustituto de otro blanco que había permanecido en la frontera durante meses. Todos debían de saber que llevaba algo valioso en su equipaje, pero ni siquiera los aduaneros se lo habían requisado, que era lo que él esperaba si no aceptaban el soborno.*

Le tentaba abrir su maleta, dejarla bajo el sol abrasador. Maldecía haber elegido ese paso. Había calculado mal e ingenuamente; creía que los problemas tendrían que ver con las mafias locales, pero que los funcionarios harían la vista gorda a cambio de una parte del oro. Estaba retenido sin saber por qué. Algunos hombres desaparecían por la noche. ¿Huían o los mataban? Había traficado con drogas y con animales, pero nunca con esto, nunca solo. Un funcionario le dejó escribir varios correos electrónicos y pensó en su antiguo socio, Elmore. Sabía de contrabando de armas y de África, podía ayudarle, aunque también seguir vengándose: hacía casi un año había acabado en el hospital tras una paliza por ventilarse a la mujer de su excompinche.

Solo se trataba con Oumar, un negro que le acompañaba en la única cantina de la frontera. La cantina era un chamizo en el que servían arroz maflé y pollo con salsa de cacahuete. Oumar se sentaba a su lado y permanecía en silencio, sin mirarle, las manos sobre el regazo y el gesto concentrado, mientras él comía arroz. Ignoraba qué edad tendría. Era más feo que el resto de los hombres por sus piernas enclenques y su panza triangular, como un enorme chinche.

Pasaba mucho tiempo a solas en una banqueta, aplastado por el calor, con cara de enfado. El sudor le resbalaba por la cara y miraba incansable hacia fuera, como si hubiese algo que requiriera una vigilancia constante. Observaban juntos el movimiento. Muchos venían en camionetas y algunos, tras haberles denegado el paso, se esfumaban sin dejar rastro en la madrugada. Pero la mayor parte se quedaban. Por las mañanas un centenar de vehículos cruzaba sin impedimentos; se trataba siempre de familias con niños y abuelos. No había visto a mujeres conduciendo. Siempre iban de copiloto, portando en sus regazos grandes cestas.

—No es el mejor lugar para nosotros —repetía Oumar a cada rato.

Estaba sucio y olía mal; ninguno de esos hombres podía ducharse ni lavar su ropa. Él tampoco, aunque cepillaba a diario los puños y el cuello de su camisa y los bajos del pantalón tras regarlos con un espray de limpieza en seco, y se aseaba como podía en los baños del puesto. Pensó que Oumar no debía de ser demasiado atractivo para las mujeres. Aquella idea era rara allí, en ese lugar donde las mujeres pasaban de largo y todo desaparecía salvo la aduana absurda y la razón misteriosa por la que los retenían.

Un día decidió salir del coche en mitad de la niebla. Descubrió que no era vapor de agua lo que flotaba en el ambiente, sino polvo. No se acumulaba sobre el coche ni sobre ninguna otra superficie. Permanecía en el aire sin posarse, como partículas vivas. Entendió que aquellos hombres creyeran que se trataba de ánimas malignas. Se quedó ahí, quieto junto a ese automóvil alquilado en el que había dormido tantas noches que le empezaba a parecer su casa. Puso la mano sobre el capó porque intuía que, si la apartaba, el polvo le arrancaría de donde estaba y se lo llevaría lejos.

Aunque le dolían los ojos, no los cerró. Entonces vio un cuerpo levitando en mitad de la niebla, como si fuera un alma que algún dios raptara. Ese era el misterio de los que desaparecían.

El hombre que estaba viendo ascender se quedó parado. Tuvo miedo; le faltaba el aire, como si el polvo en suspensión lo hubiera ocupado todo, incluso sus pulmones. El cuerpo volador, del que no había apartado la vista, comenzó a descender y, al llegar al suelo, se marchó caminando de una forma que le resultó familiar mientras la

niebla se disolvía. Cayó en la cuenta de que era Oumar quien se
alejaba, con tranquilidad, con plena posesión de sí mismo.

Adriana había empezado a escribir estas historias como una
Sherezade luchando contra Señora Muerte, poco después de
que su madre falleciera y justo un día en el que, tras agachar-
se a por un garbanzo, vio cómo el armario del fregadero se
balanceaba antes de sentir que también de las baldosas emer-
gía un movimiento de ola, de borrachera inmensa. Se mareó
y perdió el equilibrio. La palabra «vértigo» acudió a su memoria. Si los restos del mareo no hubieran culebreado un rato,
habría pensado en un temblor de tierra. Vino otro tambaleo
en la biblioteca mientras volvía del baño, delante de una anciana que la observó como si se hubiera bebido un litro de
whisky en el váter, y un tercero tras salir de un supermercado:
acabó sentada en las escaleras de un pasadizo subterráneo, que
olían a excremento. El cuarto duró un par de horas, que pasó
tumbada en la cama. Fue al médico, le hicieron pruebas, des-
cartaron cualquier gravedad: si su abuela y sus tíos sufrían de
vértigos, le dijo la doctora, es que había una predisposición
familiar. Debía resignarse a tener esos episodios de vez en
cuando. ¿Había estado estresada?
   Estaba terminando una tesis doctoral que la aburría a ma-
res. Se sentía estancada. La escritura apareció como una necesidad y una salida. Inventaba continuaciones a algunas de las
anécdotas amorosas que le contaban. Esas continuaciones siempre consistían en exagerar, en ir a cualquier lugar que la sa-
cara del detenimiento de su vida, de la exasperante nada. En
verdad quería escribir sobre su madre, pero no lo lograba;
cada vez que estaba a punto de hacerlo, acudía, rauda y en su
lugar, alguna de esas historias, más fácil y gozosa que el universo materno, y se deslizaba por ella como por un tobogán.
   Salpimentaba su tesis con una vida social monótona y unas
clases en la universidad que impartía como si se durmiera. Los
vértigos siempre le sobrevenían cuando estaba sola: sentían

vergüenza de mostrarse. Cuanta más prisa se daba por terminar su tesis, más la invadía el asco y se mareaba. Pero se le acababa la beca y tenía que rematar aquel tostón, aquella vía por la que había optado cuando la universidad le parecía una salida digna y ella era una creyente en la teoría. La teoría como la mejor herramienta para conocer y cambiar el mundo y a sí misma, se había repetido repelentemente durante años. Tardó en admitir que aquel no era un camino «superior». Ahora le sorprendía la forma en la que se había aferrado a su propia soberbia. En los primeros años de ir a la facultad pensaba en su camarilla, y en ella, como unos revolucionarios, aunque no habría podido explicar en qué consistía la revolución que estaban a punto de llevar a cabo más que esgrimiendo términos vagos con una jerga académica que primero le desveló cosas y después se quedó acartonada, esclerotizada, muerta, como si la naturaleza del lenguaje fuera siempre correr porque así es también la vida. No se daba cuenta de que, más que ser unos revolucionarios, estaban revolucionados por el asombro de descubrir tantas lecturas, ¡tantas visiones nuevas que se iban a quedar allí, en el estante de la biblioteca de donde las habían sacado, como intuiciones pochas!

Lo malo es que tenía que concluir la tesis como si aún creyese que aquel era un camino óptimo; concluirla, además, en ese año en que llevaba siendo primavera desde finales de febrero. Enclaustrada en su piso, observaba el sol esplendoroso; bastaba con darle una patada al portátil, con mandar a la mierda todo lo que alguna vez había considerado importante y que ahora era simplemente obligatorio, pero no se sentía capaz, no tenía esa valentía. Señora Muerte se pavoneaba: «Mira la vida —le decía—. ¡Pues no es para ti, que te mareas!». Viajar a Valencia para visitar a su padre comenzó a ser lo más interesante que hacía. Con la excusa de pasar más tiempo con él, dejaba la tesis a un lado y salían a comer, a cenar o a dar algún paseo. Hablaban de las mujeres con las que quedaba, él incluso le relataba lo que esas mujeres a su vez le contaban sobre sus ligues cibernéticos, y fue ahí, gracias a ese anecdotario sin fin de cuitas amorosas, cuando ella empezó a apuntar algunas, las más estrambóticas, y a añadirles elementos de su propia cosecha. En unos meses, aquellos apuntes empezaron a ser algo más largos y a tener un carácter novelesco, y eso no solo se lo debió a su padre, sino también a Martina.

«¿Cómo estás, preciosa?», le decía Martina al verla. Era grande, de pelo largo y rizado que caía sobre camisas anchas, estampadas con dibujos de animales. La conoció un mes de julio, nada más llegar a Valencia. Su padre le propuso hacer una excursión a Peñagolosa buscando un fresco imposible y le dijo que por qué no se llevaban a una amiga. «Una buena amiga», aclaró. El «buena amiga» tenía un significado tan particular como los «te quiero»: solo significaba que aquella mujer no era un ligue, tampoco una «buena» amiga, sino una «nueva» amiga, de las muchas que él había hecho desde que el amor se había convertido en su principal ocupación. En esa primera vez, Martina no dijo «¿Cómo estás, preciosa?», sino «¡Hola, precio sa!». Ella tuvo que reconsiderar el peso de esa palabra. ¿Era el equivalente de «tío» y «tía» entre la gente de cierta edad, o se trataba solo de lo que les quedaba tras intentar, infructuosamente, gustarse el uno al otro? ¿Acaso su padre, de tanto hablar con Martina, había adoptado la palabra para dirigirse al resto de las mujeres? No fueron a Peñagolosa, sino a los pueblos del Maestrazgo por carreteras que serpenteaban en un paisaje calcáreo de desfiladeros y rocas semejantes al caparazón partido y seco de un crustáceo; el sol caía sobre los peñascos y las muelas y los bancales, y el paisaje brillaba y parecía a punto de arder. Aparcaban, buscaban la plaza del pueblo, y hacia allí se dirigían pegados a la pared, a la sombra; se tomaban una cerveza mientras se abanicaban y seguían de ruta. Entre parada y parada, Martina le contó su divorcio, que tenía dos hijos y había llevado una hamburguesería con bastante buena fortuna hasta que el centro comercial donde estaba quebró porque abrieron otro más grande a pocos kilómetros.

—Y tú, ¿a qué te dedicas? —le dijo cuando empezaron a comer.

—Estudié Filosofía y estoy acabando una tesis doctoral —contestó Adriana.

Deseó que no le preguntara de qué iba la tesis, pues se sentía ridícula al explicarla.

—Se me daba fatal la Filosofía —fue toda su respuesta.

Ese día regresaron bordeando la costa, la infinidad de polígonos y el reguero de camiones. Fue el primero de muchos encuentros, siempre de noche, en casa de Martina.

No era temporada alta para ligar, al menos entre esa franja de edad en la que su padre buscaba pareja. Las señoras estaban en sus apartamentos playeros, de viaje o cuidando de los nietos; también había escasez de conocidos con los que salir y de todos esos familiares y amigos que, al enviudar, le habían invitado a sus planes de fin de semana. Tras su intensa actividad amorosa, todos daban por finiquitado el duelo. A él le venía de perlas el parón. Estaba seco, con deudas y la cuenta bancaria bajo mínimos; debía recuperarse. Lo de Martina quizás era solo una amistad circunstancial, fruto del aburrimiento y de que no se iban de vacaciones a ningún sitio. Quedaban en noches alternas en El Palmar, en la casa de ella, que tenía una azotea desde la que se veía la Albufera. Martina cocinaba un pescado y ellos llevaban el postre y vino blanco que bebían con moderación. Su padre y Martina no eran grandes bebedores, y Adriana trabajaba en la tesis todo el día y no podía emborracharse.

Aquella mujer estaba dada de alta en varias plataformas de ligoteo. Y coleccionaba historias. Les daba coba a todos los hombres con vidas rocambolescas, como si en verdad fuera coleccionar rarezas, y no encontrar pareja, el motivo por el que se abría un perfil en esas páginas. Ya en la primera cena, tras soltarle su «¿Cómo estás, preciosa?», la puso delante de la pantalla del ordenador, donde un tipo entre rubio y cano, cincuentón, les dijo «*Hi!*». «*My new friend*», la presentó Martina antes de apagar el PC.

—Es de Texas —la informó—. ¿A que es guapo? A veces nos quedamos con el ordenador encendido, haciéndonos compañía.

—¿Tenéis planes de veros?

—Qué va. Y ni ganas. Me hablo con él porque está un poco loco y me divierte. Ha estado en la cárcel por traficar con iguanas. Yo le miento, no vaya a ser que un día se plante aquí. Se cree que vivo en Soria. Además, solo sé cuatro palabras de inglés.

Martina tenía una ardilla en una jaula que ocupaba una pared entera, donde el animalito subía y bajaba de maderos secos. Era la única zona no cubierta por un gotelé rosa pastel descolorido y muebles viejos, de aglomerado, tan humildes como aquella casa pequeña. Ahora podría venderla bien, le dijo, pero la conservaba para sus hijos, ya mayores, cuyos retratos estaban por todas partes. Ellos le podrían sacar aún más rendimiento alquilándosela a turistas.

La tercera noche que estuvieron allí, Adriana se llevó una bolsa de cacahuetes para la ardilla. Acercaba las vainas a los hierros y el animal las agarraba emitiendo un ruido veloz, como si hubiera alguna posibilidad de que los cacahuetes los birlase el viejo perro salchicha que vigilaba entre aburrido e inquieto: parecía esperar que alguna de las vainas se transformara mágicamente en un sabroso filete. Llegaba hasta ella la conversación entre su padre y Martina, que se reía a la misma velocidad con la que la ardilla se lanzaba a los cacahuetes.

Adriana los escuchaba. Escuchaba sin fin. Llevaba todo el año escuchando a su padre, a los pocos amigos con los que quedaba y a sus compañeros de la universidad. Y mientras estaba con la tesis, abría Twitter, Facebook e Instagram para seguir enganchada a los enredos de los demás. «Oír chismes para enterarme de mi propia vida», leyó en un tuit. Ella quería huir y al mismo tiempo encontrar respuestas. Las redes sociales le escupían todas las posibles, las de manual de autoayuda y las escépticas, las constructivas y las destructivas, las inteligentes y las estúpidas, las científicas y las esotéricas, las tibias, las exaltadas, las ortodoxas y las heterodoxas y las descontextualizadas y las enfadadas y sin enfadar y las que no se sabía muy bien qué eran, hasta que todo aquel griterío se volvía tan tedioso como los habitantes de su tesis, esas voces de autoridad que antes la entusiasmaban y ahora la desesperaban. La huida funcionaba solo mientras duraba la sensación de ir de una cosa a otra y de resolver algo en ese tránsito, y era de doble dirección: también cuando pasaba demasiado tiempo en las redes se largaba de inmediato a su tesis, que de repente se convertía en un refugio.

Por otra parte, todo el mundo se había puesto a ligar por internet. Estaba al tanto de los enredos de una amiga a la que siempre engañaban, y de otra que era bisexual y pensaba que tenía que decantarse por uno de los dos sexos, y de un amigo al que solo le gustaban las que le hacían sufrir, y de los doctorandos tan hastiados como ella y de los conocidos con los que coincidía en la universidad o de cañas. Unos tenían padecimientos románticos y otros frívolos, y todo le resultaba intercambiable: unas personas por otras y las angustias frívolas por las románticas, como si en el fondo lo que estuviera en juego fuese algo a lo que ella no sabía nombrar, una suerte de TOC amoroso que mantenía abierta cualquier posibilidad a costa de jamás materializar nada, salvo lo malogrado. Una vez a la semana iba a la universidad a dar una clase incluida como obligación en su beca y allí solía coincidir a la hora del desayuno con la secretaria del departamento, divorciada y con dos niños, que le relataba pormenorizadamente sus problemas con los hombres. No era la única destinataria de un cuento que no tenía fin. Aquella mujer estaba en una página para solteros exigentes, acudía a eventos para divorciados y contaba sus aventuras a cualquiera. Los profesores, los chicos de la cafetería, los bedeles y no pocos alumnos se sabían su vida íntima y la rehuían, pues era muy pesada. Describía maniáticamente cómo iba vestido y peinado el hombre en cuestión, qué había estudiado y dónde, cuánto dinero le había dicho que ganaba, qué coche tenía, a qué tipo de restaurante la había invitado, y así hasta llegar al polvo, que también relataba, sobre todo si había habido gatillazo, impotencia o algún tipo de perversión. Muchos creían que aquella mujer estaba loca y se lo inventaba todo. La secretaria del departamento podía retener a alguien durante horas para desmenuzarle los detalles de una noche, como si solo a través de sus oyentes la vivencia cobrase realidad. Necesitaba ser continuamente evaluada. «¿Tú qué opinas? —preguntaba al final, tras extenuar a su interlocutor—. ¿Qué debo hacer?». Nadie sabía qué decirle. Estaba perdida, como si no fuera capaz de reconocer su deseo. Adriana acabó escondiéndose cada vez que se la encontraba.

En aquel ambiente en el que todos se confesaban sus amoríos, empezó a contar tímidamente lo de las novias de su padre. Cada vez que decía que estaba en Meetic y salía con mujeres, los mismos que ligaban por internet la miraban escandalizados. «¡Los padres no hacen eso!», decían. No daba crédito. ¿Los padres no hacían eso? Quizá lo que en verdad querían expresar es que sí hacían eso, pero sin que sus hijas lo supieran. El caso de su padre se parecía al de la secretaria no por necesitar contarlo todo, sino porque no aceptaba los convencionalismos.

Él siempre había sido una excepción sin proponérselo. Carecía de todo deseo de ser especial. Era un hombre de lo más común que, debido al suicidio de su propio padre y a la ruina familiar, se había visto abocado a una vida de superviviente hasta que conoció a su esposa y sintió que recuperaba algo de lo que en su infancia se había desbaratado. Nunca le ocultó a Adriana el suicidio de su abuelo, entre otras cosas porque fue él quien se lo encontró con un tajo en la yugular. Ella había recreado muchas veces ese momento. Imaginaba a un niño de once años recorriendo un largo pasillo. El niño se había despertado muy temprano ese día. Se hacía pis y sabía que su padre, Juan Ruiz, a esa hora en la que todavía el cielo conserva la densidad nocturna y el clareo es apenas un fulgor, ya estaría en pie para irse al mercado central, donde tenía una pescadería. Juan Ruiz había invertido su capital en un negocio que resultó ser una estafa y lo había perdido todo. Sobre su pescadería y su casa pesaba una orden de embargo. Ese día en el que el niño se deslizaba en silencio por el pasillo se notaba una atmósfera extraña, un silencio aún más profundo, como si algo hubiese enmudecido para siempre. Terminaba noviembre. Del baño, cuya puerta la coronaba un montante, no salía ningún sonido, pero la luz estaba encendida. No se atrevió a llamar para no despertar a nadie, también porque podía costarle una bofetada. Pasó más tiempo y tuvo frío; finalmente fue a la cocina y orinó en la pila, y no regresó al cuarto porque estaba asustado ante la enormidad de aquel silencio. Agarró el pomo de la puerta y trató de abrir. El pestillo estaba echado. Eran las seis de la mañana, su padre debía marcharse ya. El niño volvió a la cocina a por la escalera, la apoyó temblando, subió para asomarse por la luneta. Le vio tendido en el suelo sobre un charco de sangre. Tardó al menos un minuto en asimilarlo antes de gritar para despertar a su madre y a sus hermanas.

Empezó la época más dura de su vida. Él le había contado muchas veces lo que supuso este golpe, tan brutal que aún le dolía. Les echaron de su casa y durante un tiempo se apiñaron en una portería. Luego se marcharon a Madrid, donde salieron adelante con los jornales de sirvientas de sus hermanas y convirtiendo su pequeño piso en una casa de huéspedes. De los trece a los dieciocho, su padre fue mozo de cuerda, botones, repartidor de periódicos y ayudante de sastre mientras cursaba el bachillerato laboral. La economía pendía de un hilo. Cuando se les iba un huésped, la angustia hasta que encontraban otro se coagulaba en el ambiente. La abuela de Adriana murió muy joven de un ataque al corazón; él perdió ya del todo la sensación de tener una familia y acabó en la Costa Brava para trabajar en los hoteles, donde encontró una vocación. Empezaron unos años buenos: ascensos, dinero, salir con muchas chicas. Juventud. Luego se enamoró y se casó.

Adriana había atesorado aquella historia como si fuera una película. Para ella, su padre siempre había sido un hombre de vida convencional. Sin embargo ahora, con su recuperada soltería, reconocía a ese muchacho que se había quedado sin nada; también al que llegó a ser director de hotel y lo dejó para seguir a su mujer de una provincia a otra trabajando de lo que encontraba: delegado de laboratorio, marchante de textil, vendedor de fertilizantes, de loza, de cementos, hasta acabar de nuevo en Valencia, en una agencia de viajes. De aquel periodo su padre conservaba decenas de historias de gente de todos los estratos y una habilidad asombrosa para lidiar con personas y situaciones de muy distinta índole, lo que le había llevado a ser un buen negociador. Para Adriana todo aquel pasado era más irreal de lo que suele ser el pasado familiar por la profusión de lugares, individuos y circunstancias que él refería. No imaginaba que siguiera albergando la capacidad de abrirse a todo, pero había bastado con la muerte de su esposa para que volviera a su condición de buscavidas, aunque ya solo a través de las mujeres.

Necesitó observarle minuciosamente, si bien al principio se engañó sobre lo que la llevaba a no faltar a ninguna de las cenas de Martina —«¡Hola, preciosos!», se llamaba el grupo de WhatsApp que compartían los tres—. Se dijo que era porque se aburría, por acompañarle, porque le encantaba mirar la tersura plateada de la Albufera, porque echaba de menos a su madre y Martina era como una madre, pero podría haber quedado con sus propios amigos e irse a las terrazas de la playa. La única verdad era que le fascinaba el cambio de percepción sobre su padre. De repente le resultaban inverosímiles sus casi cuarenta años de marido manso y fiel.

¿Cuánto había en aquel trajín amoroso de mascarada, de no querer que los demás vieran su pavor a afrontar una vejez en soledad? Él no solía tener miedo, y cuando lo tenía, lo negaba, como si reconocerlo solo pudiera multiplicarlo. Y aquel desfile de mujeres era un conjuro eficaz: estaba siempre entretenido y alguna acabaría siendo su novia, ¿o no?

Cuando le dio el ictus, las preguntas sobre su padre se extendieron como una llanura. Con su mano tonta y su caminar a paso de tortuga, le empezó a costar encontrar señoras que quisieran quedar con él y, cuando lo conseguía, ellas rara vez accedían a una segunda vez, así que dejó de gastarse el dinero en citas, pero no por ello ahorró. Empezó a comprarse móviles caros, a contratar seguros, a adquirir cosas al tuntún como si el dinero no importase, y entonces ella pensó que quizás estaba ahí lo que tenía que aprender de su padre, aquella despreocupación esencial, radical, con respecto a casi todas las cosas. Sin embargo, seguramente aquello tampoco era verdad, sino solo la conclusión que ella anhelaba.

Pero para llegar a ese punto de la historia todavía quedaban algunos años. De momento, mientras acababa su tesis, Adriana solo constataba que Señora Muerte aún seguía ahí, junto al tedio que le sobrevenía al pensar en lo que le esperaba en el futuro, palabra que le sonaba a anuncios de seguros. No le extrañaba haberse vuelto insaciable como espectadora de los demás. La reclusión se prolongaba; no acababa de encontrar el compás para otro movimiento. Por no quedarse al margen de las conversaciones, intentó engancharse a alguna serie. Se aburrió. Una compañera de la universidad tuvo un hijo: era la primera de su círculo, con treinta años. Adriana fue a conocer al bebé con un elefante de peluche comprado en una farmacia. Cuando vio al crío en la cuna, a la madre en el sofá y al padre sacando de unas cajas los paquetes de pañales que les habían tocado en un sorteo de una revista de nutrición infantil, no pudo evitar la sensación de asfixia.

Todo era demasiado contradictorio desde la muerte de su madre. Por primera vez comprobaba la extrema fugacidad de los vínculos, de la vida. Lo que durante años pesaba demasiado de repente se desvanecía, se convertía en nada.

Señora Muerte la aterraba. Quizá fue por eso por lo que, mientras estuvo ese verano en Valencia con Martina y su padre, se planteó dejar Madrid, regresar a su ciudad, pues era allí, en esa situación nueva, donde más vida bullía.

Cuando una noche Martina le preguntó por qué no tenía novio, Adriana enrojeció hasta la coronilla. Esperaba esa pregunta, eran demasiadas las historias que se estaba llevando como botín sin dar nada a cambio. Incluso deseaba hablar del asunto. Pero se ruborizó, y no solo eso: se sintió como una pobre solterona, como esa mujer fea e ignominiosa, casi apestada, que en el pueblo de su madre pasaba por delante de la casa de su abuela y ante la que esta decía en voz baja: «Ahí va la solterona». ¿Por qué se sintió así?

Meses atrás había leído *El cuaderno dorado,* la novela en la que Doris Lessing explora, entre otras cosas, las relaciones sentimentales de una «mujer libre» que no deja de sentirse incompleta sin un hombre. Adriana experimentaba ese mismo vacío, solo que le resultaba difícil aceptar la propia necesidad, no presentarse como una heroína emancipada y feliz. Y es que ¿no había pasado más de medio siglo desde la publicación de *El cuaderno dorado* y las mujeres eran ahora más «libres»? Esto último, siendo verdad, le sonaba al mismo tiempo a retórica. La novela de Lessing la había obligado a reconocer qué latía en ella cuando juzgaba a las mujeres dependientes, y a sí misma, como estúpidas. Su juicio hacia los hombres tampoco era menos duro. Hacia su propio padre.

Mientras su madre estuvo enferma había ido a una psicóloga. No fue capaz de soportar su lenta agonía sin ayuda y creyó que la prepararía para el duelo. La pilló de sorpresa el abordaje aparentemente indirecto (más tarde se dio cuenta de que la habían agarrado de las solapas) sobre algo que nunca había considerado un problema. «No solo no te comunicas; tampoco haces ningún esfuerzo para relacionarte con los demás», sentenció la terapeuta con los ojos entrecerrados y el dedo índice apuntándola, fiero, vibrante y artrítico. «Eres una cobarde». La sentencia no era psicológica sino moral, y le resultó de lo más adecuada. Le puso como ejercicio iniciar conversaciones y llevar un registro de las mismas. Adriana se compró una libreta de color marrón, la rotuló «La libreta de hablar» y fue apuntando lo que le decía a la gente. La libreta de hablar se llenó de retazos de diálogos; si los leía de seguido, la invadía una sensación de absurdo y la constatación de que se arrimaba a los otros con pequeñas mentiras, con omisiones o exageraciones, para no resultar sosa. La psicóloga volvió a usar con ella el mismo tono cáustico, cargado de razón, cuando leyó su libreta.

—Son conversaciones de ascensor. ¿Dónde está aquí algo que te comprometa? ¿Por qué te niegas a hablar de ti misma?

Adriana se resistía. La terapeuta formaba parte de su miedo. Oía su voz por las noches. ¿Y si solo la destruía más? Pero obedecía a pesar de todo, para la construcción o para la destrucción, pues había perdido la capacidad de saber qué era bueno para ella.

Aquel periodo oscuro había quedado atrás, si bien seguía siendo cobarde a la hora de hablar sobre sí misma. Por eso se limitaba a escuchar a su padre y a Martina sin soltar prenda.

Habían pasado dos años desde su última relación. No podía afirmar que hubiese roto un matrimonio, aunque ella le había dicho a él que no se verían más si no dejaba a su mujer. En realidad no se habían visto mucho, pero Adriana no quería ser la amante de un hombre casado, así que lanzó aquel órdago sin pensar que fuera a ganarlo.

—Dame tres días —le dijo él.

Era un jueves. El domingo, a las diez de la noche y ante su estupefacción, aquel hombre se plantó en su apartamento con dos maletas. Trabajaba como periodista, tenía tres hijas, barba y un perro, y su mujer se había liado con otro periodista más reputado que él. Encarnaba el papel de marido estoico y dolido que había soportado comprensivamente que llegaran a su casa regalos de otro para su esposa: ropa interior, bombones, libros. Pero su matrimonio estaba roto y solo buscaba una manera tolerable de separarse. Adriana no quiso conocer a las niñas hasta que no pasara un tiempo razonable. En realidad, no quería hacerse cargo de ningunas niñas, ni propias ni ajenas: nunca deseó tener hijos. Convivieron durante casi tres años y fue una relación apasionada. Él la dejó sin que ella hubiera advertido señal alguna de desamor, desilusión o hastío. El hombre de la barba, como ella le llamaba a veces por su aspecto de rabino, se marchó tan inopinadamente como había llegado. Estaba enamorada, quizá más que nunca, y se quedó en *shock*. Una semana después, su madre le dijo que su cáncer estaba extendido y ya no había remedio.

Encajó los dos golpes a la vez y empezó la época de incomunicación radical e inconsciente. No se daba cuenta de que pasaban las semanas y no hablaba con nadie. No respondía al teléfono, no entendía para qué debía tener unas amistades que le parecían lejanas, como si pertenecieran a otra persona. Hacía la investigación para su tesis como un autómata. Pasaba todo el tiempo que podía en Valencia, acompañando a su madre. La muerte era un proceso largo, se podía tardar mucho tiempo en morir, conoció a enfermos que llevaban años muriéndose. La psicóloga y el fin de su madre, la interrupción de aquella lenta y dolorosa agonía, la hicieron salir a flote, aunque ya no era la misma. Había perdido la ligereza.

Ahora Martina y su padre eran una lección suprema de ligereza. La ligereza era necesaria para la vida. ¿Para qué había querido dejarse morir?

Entonces vinieron otras historias. Estaba Max, tan feo que no se le podía mirar a la cara. Un accidente le había destrozado el cráneo. Tras siete años de rehabilitación para recuperar partes marchitas de su memoria, el habla, el trajinar con los pinceles (se ganaba la vida restaurando frescos y retablos en iglesias), ahora quería una novia. Su cráneo eran placas de algún metal que él se negaba a esconder bajo una peluca, aunque para el perfil de Meetic había retocado un poco una fotografía con Photoshop. ¿Y quién no saldría corriendo al encontrarse con una versión meridional de Terminator? Acabó con una mujer cuyos tres anteriores maridos, ancianos, habían muerto sin que se averiguara la causa. Él sospechaba de sus pócimas. La mujer se jactaba de saber curar cualquier afección del cuerpo y del alma con mejunjes de su bisabuela, una bruja de una aldea gallega. Todos los días le obligaba a beberse un litro de yerbajos que le dejaban el estómago lleno de bruma. Quizás era su propia aprensión la que le ardía en las vísceras. La bruja había heredado dinero de sus tres maridos y sendos pisos en calles principales, pero él ni siquiera tenía casa en propiedad. Tampoco ahorros. Cobraba una miseria y vivía de alquiler. ¿Para qué lo quería ella a él? ¿Y para qué la necesitaba él a ella, si le daba miedo y era fea?

En realidad se trataba de la única mujer que no había salido corriendo tras ver el armazón metálico de su cráneo. No podía aspirar a nada más, pensaba. Hasta que un día la bruja le hizo limpiar su chalet. Era verano, el termómetro marcaba treinta y siete grados y tuvo que segar la hierba del jardín, donde no había un solo árbol. Recogió también las hojas y las libélulas muertas de la piscina. Chorreaba. Sobre las placas de metal de su cabeza habría podido freírse una salchicha. Notaba su cerebro hirviente, como si le estuvieran cocinando los sesos. Se merecía un baño y eso fue lo que hizo.

Nada más zambullirse, la bruja salió aspaventada de la casa. ¿Cómo se le ocurría contaminarle la piscina con su deleznable sudor? Entonces la dejó. Abandonó a la única mujer que había accedido a estar con su cráneo de metal.

Se fue a las mujeres sin cabeza. Las había a millares en eDarling y Meetic, donde enseñaban el cuerpo del cuello hacia abajo para que no las reconocieran. Casi todas las mujeres de esa edad solían ser de clase media; él se preguntaba si las de origen humilde no usaban esas páginas. Se imaginaba a las mujeres sin cabeza quitándose las botas marrones, los pantalones marrones, los jerséis marrones, porque aquellas hembras sesentonas iban vestidas de tal modo que parecían todas iguales. Eran mujeres marrones con mechas rubias. Tras quedar con cinco o seis no fue capaz de recordar sus rostros, y se dio cuenta de que en verdad lo que le gustaba eran sus fotos de perfil sin cara, donde se les veía la barbilla y el cuello sembrado de arrugas. Sentía que aquellos cuellos pasados se hermanaban con su cráneo metálico, y por eso comenzó a mandar mensajes a todas las mujeres que no mostraban el semblante.

Entre las sin cabeza abundaban las casadas, por lo que desistía pronto. No estaba buscando aventuras y para los polvos podía recurrir a las prostitutas, que no salían corriendo cuando descubrían las placas de metal de su cráneo. Para ellas las taras físicas no eran lo peor, sino los tipos odiosos y la falta de higiene. Él iba siempre limpio. Se duchaba dos veces al día y se apartaba con delicadeza la piel del glande para sacar las pelusillas y otras partículas indefinidas que el día destilaba por ese y otros sitios recónditos, porciones de tiempo que se negaban a partir. En rehabilitación conoció a un hombre llamado Ramón cuya cabeza parecía un queso de bola mordido. Apenas podía hablar ni moverse y requería atención de una enfermera casi todo el tiempo. Sin embargo, con la ayuda de un papel y unos dibujos se las había apañado para que le llevaran a un puticlub. Él se ofreció a ayudar a la enfermera, que los acompañó a la puerta del prostíbulo más famoso de la comarca y allí los esperó. Les atendieron dos putas ucranianas que no pestañearon cuando vieron aquella cabeza mordisqueada, tampoco cuando él se quitó su ridículo sombrero a lo Humphrey Bogart y sus placas de metal refulgieron. Ramón salió de allí llorando y eso le deprimió, pues se vio reflejado en él. Dejó de ir a prostíbulos y, tras ser rechazado por unas cuantas mujeres más, se convenció de que no iba a encontrar a nadie. Se rindió. Eso no le llevó a liberarse de su deseo de vivir en compañía. Solo le condujo a entristecerse y a engancharse por las noches a un programa de radio donde la gente contaba sus problemas sentimentales. Los locutores se burlaban de los oyentes y, aunque a veces él detestaba toda esa crueldad, pensaba que estaba bien que sus risas no fueran humanitarias, que alguien se mofara del inútil sinvivir que era el amor. Se decía que nadie se acostumbra a las caídas a pesar de estar todo el rato cayendo, como quien no para de montarse en aviones y cada vez siente el mismo miedo. Las cosas no se superan. No se sabe qué pasa con ellas, pues a veces todo cambia inexplicablemente.

Consiguió acabar su tesis por pura presión. También porque, durante casi todo el verano, se prohibió el acceso a las redes sociales. Cerró sus cuentas de Twitter, de Facebook, de Instagram. ¡Qué descanso que no fuese tan fácil escapar! Se mantuvo férrea; únicamente se le colaban las historias de Martina y de su padre, que apuntaba a gran velocidad, y solo se permitía pequeñas evasiones: salía a la terraza o abría la nevera en busca de limonada y frescor. Mientras, su padre continuaba con el *zapping* de mujeres en Meetic. Encima de su ordenador, la mancha del techo por el humo de los cigarrillos empezaba a adquirir el aspecto de una filtración que viniera del piso de arriba. «¿Te gusta esta?», le preguntaba cuando ella salía al pasillo. «¿Y esta?». «Son todas iguales, papá», le respondía, y se encerraba de nuevo con su tesis. Un 20 de septiembre a las ocho y media de la tarde puso punto final a la tortura, y aunque todavía le quedaba corregirla, pisó la calle como si ya la hubiera defendido y un terso y brillante panorama se extendiera ante ella. Caminó más de una hora con la impresión de poder volar. Sus pasos no la llevaron a ningún cielo, sino al supermercado de El Corte Inglés, donde compró dos botellas de buen cava para celebrarlo con Martina y su padre.

Tardó unos meses en defenderla y más de un año en conseguir trabajo en una universidad privada; antes cubrió una baja en un exclusivo colegio situado en Ciudalcampo, a las afueras de Madrid. En todo ese tiempo de crispante papeleo para presentarse a becas posdoctorales (no le dieron ninguna) y trayectos en autobús hasta la urbanización donde estaba el colegio, se planteó usar Meetic, pero la idea de encontrarse allí con su padre la detuvo. Optó por Tinder, una nueva aplicación de citas que se había puesto de moda. Hizo una descripción de sí misma con algunos datos falsos para que no la reconocieran y puso una foto de perfil en la que salía de espaldas. Casi era como una de las cabezas cortadas de su padre. Enseguida empezaron a llegarle *likes*. Le dio aprensión que ligar fuese tan fácil.

Su primera cita fue con un alcoyano llamado Pepe que trabajaba en Picassent y tenía un chalet en la playa del Marenyet. Era director de planta de un laboratorio, acababa de cumplir treinta y nueve años y lucía un físico atractivo. Se veían cada vez que ella iba a Valencia. No tenían gran cosa de qué hablar ni se trataba del tipo de hombre que le gustaba de veras, pero hacía tanto tiempo que no estaba con nadie que se dejó querer. El chalet de Pepe era modesto, con ventanales al Mediterráneo, que estaba demasiado cerca del patio delantero. Le parecía que el mar acabaría tragándoselo. Ni siquiera había paseo marítimo, sino la arena de la playa, las tímidas dunas con su vegetación rala. Aunque pegado a Cullera, que se anegaba de turistas, aquel era un lugar recóndito, con pocos vecinos viviendo allí el año entero. Follaban en la terraza, en el sofá, en la cama, y siempre escuchando el oleaje de fondo. No faltaban una botella de champán y una caja de bombones Ferrero Rocher. Tenía todo un toque cursi; lo que hacían podría ilustrar la sección erótica de alguna revista femenina que fuera también *kitsch*. A Adriana le daba morbo protagonizar aquella historia por su parafernalia barata, casi irreal. La sensación de irrealidad acercaba aquellos polvos a sus fantasías, si bien después se aburría por la insipidez de la conversación. ¿Pepe era así de soso, o es que no quería desvelar nada sobre sí mismo? Ante el silencio de él, a ella tampoco se le ocurría qué decir. Quizá tenía esposa y veraneaba con su mujer y sus hijos en esa casa. Tal vez era su residencia habitual, a pesar de que no había rastros de vida cotidiana. A lo mejor él comía al lado del trabajo y una asistenta limpiaba a diario para que todo luciera tan correcto e impersonal como una habitación de hotel.

Solo pasaba allí una noche. Pepe la recogía en la Estación Joaquín Sorolla y a las nueve estaban ya en un restaurante de L'Estany, un lago de agua dulce abierto al mar, frente a un pescado y una cerveza. Al día siguiente la llevaba a Valencia. Adriana se presentaba en su casa como si el tren acabara de llegar. «¿Por qué no quieres que vaya a recogerte?», le preguntaba su solícito padre, que siempre la había ido a buscar tras los viajes. Ella se inventaba excusas inverosímiles, pero él no era suspicaz. Se quedaba el fin de semana y regresaba a Madrid el lunes a primera hora, directa al colegio donde cubría la baja. Pepe se empeñaba en pagarle el tren cada vez que ella anunciaba su visita, y al principio Adriana se incomodaba al ver su billete en el correo electrónico sin que se lo hubiese pedido. Como anticipo a la lujuria, le bastaba con la cena en el restaurante de L'Estany, pero luego se dio cuenta de que él no lo hacía para impresionarla, sino porque poseía un sentido de la caballerosidad anticuado con el que compensaba su inseguridad.

Duraron poco. Solo se vieron una vez al mes, de octubre a marzo, y persistía la sensación de irrealidad. Lo pasaba bien, pero lo único que la impresionaba de veras era el paisaje de carreteras estrechas con adelfas y cañaverales, el chalet escueto y blanco frente a la playa con sus roquetas de mar, sus algodonosas y sus junquillos. También la luna, en la que le parecía no haber reparado nunca y que allí brillaba sobre el Mediterráneo como una misteriosa deidad. El encantamiento se deshacía nada más poner el pie en Valencia, donde se aplicaba, sin conseguirlo, en espantar a Señora Muerte y a Señora Manipuladora. Llegaban silenciosas para sentarse junto a ella en el salón, apretarle la mano y susurrarle aprensiones.

Los encuentros con Martina habían empezado a espaciarse tanto que no le daba tiempo de sumergirse en sus historias excéntricas. La alegría no podía durar, porque Adriana vivía en Madrid y su padre había pasado a tener con Martina una relación casi exclusivamente telefónica. Estaba demasiado ocupado en quedar con otras. A Adriana le resultaba significativo que, en las pocas ocasiones en las que lograban reunirse de nuevo los tres, ya no cenaran en la terraza, con la suave brisa y el resplandor terso de la Albufera, sino en el salón diminuto y abigarrado de muebles y fotos, claustrofóbico. «¡Hola, preciosa!», le seguía diciendo Martina nada más verla, con la mesa ya preparada en el comedor, frente a la jaula de la ardilla y sus ruidos acrobáticos. Enseguida su padre y ella comenzaban a desgranarle sus amoríos virtuales, y Adriana se sentía mal por no corresponder con la misma confianza. Podría contarles su aventura con Pepe. ¿Por qué seguía siendo incapaz de abrirse?

Regresaron con fuerza las voces de las redes. Tras la tesis volvió a Facebook, Twitter e Instagram y se enganchó de una manera rara: no participaba apenas, pero comenzó a mirar más que nunca y a dialogar mentalmente con los hilos de las conversaciones como si esos hilos, esas respuestas, no obedecieran a comentarios de los demás, sino a lo que ella pensaba. A veces ni siquiera comprobaba de qué iba el asunto. Escogía una intervención al azar, una frase, el final de una argumentación. En Twitter era más fácil. Se aficionó a seguir a desconocidos; le bastaba con asomarse a las cuentas y leer algo que le resultase interesante o verosímil como réplica. Prefería que usaran *nickname,* no saber nada de la persona. Leía a Migraña, a Carne de Bakunin, a Rusia de Prusia, a Venenossa. También era muy devota de los muertos ilustres: por su *timeline* desfilaban citas de Oscar Wilde, Virginia Woolf, Borges o Santa Teresa de Jesús, todas intercambiables y como si hubieran salido de un libro de autoayuda. De entre los ilustres, prefería una de Simone de Beauvoir que escupía al espacio virtual frases de *El segundo sexo.* Descontextualizadas, hacían que pareciera una misógina salvaje.

No se dedicaba a sacar conclusiones sobre las redes. En realidad, no estaba segura de poder concluir nada que no hablara más de sí misma que del mundo, así que solo conversaba para sus adentros con aquella marabunta. «Emma me pregunta qué se siente al apagarse», leía, y entonces veía a una Emma parlamentando con alguien en el trance de fallecer y pensaba en su madre. ¿Por qué sin ella todo se había detenido y sin embargo el tiempo corría brutalmente hacia delante? La muerte de un ser querido, además de funcionar como aviso, ¿producía algún efecto imperceptible, algo que en su cuerpo hubiera empezado a morir? También miraba vídeos de accidentes de tráfico y de avión, y sobre todo de animales que eran acariciados por sus dueños o por otros animales. Le gustaban especialmente los bichos pequeños. Aquello se exacerbaba los días en los que pasaba mucho tiempo en el colegio donde daba clases a adolescentes, cuyos pasillos estaban presididos por pantallas que emitían en bucle imágenes de estudiantes aplicados vestidos con el uniforme color granate del centro. Cuanto más experimentaba aquel ambiente escolar, dirigido por profesores imbuidos de su propia importancia, más se pasaba ella luego la noche dándole al *play* de un vídeo donde un dedo meñique frotaba la nariz de un erizo diminuto.

A veces pensaba que las redes la habían hecho abandonar la costumbre de escribir en su diario. Lo había empezado a los once años y no contaba su insignificante vida en él, sino un montón de aventuras, al estilo de un libro de *Los Cinco*. Escribía la vida que no tenía y lo hizo así hasta su adolescencia, cuando aquellas libretas se volvieron confesionales y comenzó a jugar al autoanálisis combinado con experiencias debidamente maquilladas para que la imagen de sí misma resultara favorable. En una de las cuentas de su *timeline* dedicada a literatos ilustres leyó una cita de Ribeyro que decía que la escritura de un diario dependía de un problema que no se resolvía y que, cuando lograba solucionarse, el diario se liquidaba. ¿Se la podía aplicar? Lo cierto era que la imagen de sí misma le daba cada vez más igual. Consideraba que ese problema pertenecía a la adolescencia y la primera juventud, cuando la identidad es todavía como un batido que se remueve con una pajita con la obsesión de que la mezcla parezca homogénea y sepa bien. La hipótesis de que había sustituido la escritura íntima por la contemplación de las redes quizás era excesiva, por más que a ella le pareciera encontrar ahí réplicas a su pensamiento; sin embargo, reconocía que la mayor parte de las veces el espacio reflexivo, o neurótico, que el diario procuraba era borrado en internet por una suerte de expectativa difusa, opiácea. No creía que el cambio producido por lo virtual no se compensara con otra cosa; quizá solo reemplazaba una compulsión anterior. Y, fuera como fuese, ese era ahora su mundo y no estaba dispuesta a renunciar a él. Quería seguir escuchando las voces, o tal vez solo perdiendo el tiempo, *escapándose del tiempo*. Todo —opinión, información, acontecimientos históricos— desaparecía al cabo de unos segundos, de unas horas, a veces de unos días. La realidad se deshacía y con ella su aureola de solidez, que siempre fue un invento humano con el que distraer el devenir, la levedad extrema. Aunque a lo mejor era al revés y el acontecer ocultaba una eternidad aburrida donde los seres permanecían estancados e inmutables, sin sentir ni padecer, como predicaban algunas religiones.

Cuando interactuaba con alguien, tenía una impresión de estupidez propia y de que detrás de las palabras del otro no había una persona, sino una existencia meramente digital, un espíritu de la web. También estaban los días en los que pensaba que, si permanecía un minuto más ahí, con todos aquellos juicios inflamables, ardería como las brujas aun cuando no dijera nada, tan solo como efecto de la contemplación del infierno de los demás, que al fin y al cabo eran su espejo. Pero si le resultaba tan inhóspito, ¿qué hacía entonces asomada allí durante horas, como un oscuro animal del averno?

A lo mejor solo se trataba de una vieja herida, de una incapacidad de la que nunca se repuso. No llegaba a naturalizar Facebook ni Twitter de la misma manera que nunca acabó de habituarse a los grupos de gente, de asumir su propia presencia en ellos. Exponerse, ser vista, la violentaba. Por eso prefería dedicarse a dialogar mentalmente con las voces de sus anónimos y muertos ilustres: era la interacción pacífica y desapasionada que necesitaba para sentirse a salvo.

A pesar de que Pepe colmaba toda la curiosidad que ella sentía por tener un «amante» —la palabra se había quedado vieja, como todas las del amor— y le permitía beber un poco de la pócima de la ligereza, algo le impelía a hacer de celestina de sí misma en la aplicación casamentera. Tuvo unas cuantas citas más. Se vio en Madrid con un burgalés y un chileno con los que solo tomó un café, pues no le gustaron, y luego con un austriaco muy guapo pero frío como una ameba, que la llevó a su hotel, cerca de Atocha, sin que ella hubiera decidido si le apetecía tener sexo. Dio un poco igual, porque apenas se enteró. Después se fueron a Huertas a comer un bocata de calamares. Él le contó que había estado viviendo en México los seis últimos meses, en Guanajuato; que la ciudad crecía hacia arriba porque estaba rodeada de laderas y que le gustaba imaginar que también se expandía hacia abajo, hacia las entrañas de la tierra.

Adriana entendió por qué la gente se enganchaba a las webs de ligar aunque las experiencias fueran raquíticas, incluso aunque resultasen deprimentes: siempre ofrecían una promesa y una conquista que apuntarse, si bien quizá lo que ella estaba haciendo, sin ningún convencimiento e incluso asqueada, era seguir el surco marcado por las historias de Martina, su padre y todos los amigos y conocidos que le habían calentado la oreja, como si necesitara vivirlas además de escribirlas.

Antes de dejar Tinder tuvo una última relación con un hombre que le gustó de verdad, o eso creyó. Se trató de una relación abierta. Adriana aceptó aquella condición con cierta inconsciencia, por probar, hasta que se sintió una pringada:

el único que se acostaba con más gente era él. Trató de caricaturizar su historia:

Tras cinco meses juntos en los que había empezado a hacerse ilusiones, Melibea se enteró de que, cuando no era ella la que estaba por las noches en su cama, era otra. Esto, que al principio le pareció una desventaja, no dejaba de ser un comodín para sus impulsos autodestructivos, para Señora Muerte («A falta de belleza, de esplendor, de felicidad, la mujer elegirá un personaje de víctima», leyó un día en una cuenta dedicada a tuitear citas de Simone de Beauvoir). Durante un mes, y fue aquí cuando empezó la caída, se dedicó a vagar sola por las noches. Miraba hacia arriba, hacia balcones y ventanas; si descubría que en algún piso vivía un hombre solo, se quedaba durante horas espiándolo. Uno de esos hombres llamó a la policía, y ella no acabó en el calabozo ni en urgencias psiquiátricas porque logró dar una explicación convincente.

No pudo continuar: la caricatura le resultó demasiado amarga. Aunque a veces se había dicho que todo lo que llevaba escrito podía ser su autobiografía, porque la vida propia no tenía nada especial y para contarla valían otras historias, inventadas o reales, ahora apartó esa idea y se dijo: son solo ficciones. Y en parte era verdad. Los personajes que inventaba estaban más vivos que ella. Las citas gracias a Tinder solo la habían reanimado débilmente; en el fondo, no había dejado de sentirse como una antropóloga ante un experimento. Parecía que Señora Muerte reclamaba sus derechos de llegar hasta el final.

Pensó en su padre. ¿Cómo lograba él, a pesar del encadenamiento de fracasos e incluso de un matrimonio agridulce, ser profundamente vital?

—Papá, cuéntame tu última historia —le suplicó al llamarle una noche por teléfono.

Pero ese día su padre no fue capaz de decirle nada. Las relaciones le duraban cada vez menos; en su frenética búsqueda de pareja, a veces desaparecía, incluso cuando ella regresaba a Valencia para verle. Ampliaba el radio de acción conforme pasaban los meses: Zaragoza, Segovia, Ávila, León, Cádiz. Creía haber agotado todas las posibilidades de encontrar una mujer en las provincias cercanas. «¿No crees que te lo pones más difícil así?», le decía ella. Tras varios viajes seguidos, su padre se quedó sin un céntimo y le pidió un préstamo. Adriana enfureció. Aunque él le devolvió el dinero poco después, Señora Manipuladora usó toda su artillería amenazándole con no volver a visitarle. No fue capaz de sostener la amenaza ni dos semanas. Compró, como siempre, su billete de tren con anticipación y se apenó por su padre, que fue a recogerla a la estación con la cabeza gacha pero con una sonrisa pícara. «¡Hola, preciosa!». No volvió a ausentarse ninguna de las veces que ella le visitó y comenzó a quedarse en pensiones baratas en vez de en hoteles para conocer señoras de toda la península ibérica que, según insistía, estuvieran en su misma situación, deseosas de compromiso. Adriana estaba ya segura de que él no quería compromiso alguno aunque no lo reconociera. Y es que, si bien al principio había pensado que su padre no sabía vivir sin una mujer al lado, se daba cuenta de que aquel trasiego se había convertido en otra cosa, en un objetivo en sí mismo, como si no fuera capaz de estarse quieto y huyese de algo que ella ya no identificaba con la soledad ni con la necesidad de tener pareja. Su padre no se alarmaba, solo ella. Para él, la búsqueda seguía siendo festiva, aunque se quedase sin dinero a fin de mes y olvidara llevarse a los viajes la medicación para una tensión demasiado alta. «Te va a dar un infarto», le dijo Adriana, sin saber que su advertencia acabaría siendo profética. Pero él no atendía a agoreras. Mantenía imperturbable la facultad que le acompañaba siempre, en toda circunstancia, su buen humor a prueba de bombas. Parecían el cuento de la princesa y el guisante. ¿Dónde estaba la candidata perfecta para un príncipe entrado en años y con una hija que siempre torcía el gesto? A veces Adriana se decía que todas las conclusiones que sacaba sobre él solo hablaban de sí misma. Mientras tanto, Señora Muerte seguía llegando puntual para tomar asiento en una butaca del salón y continuar con su balance de decadencias y desapariciones. Había una paradoja en que la muerte convocara la vida —ese trajín de familiares a los que hacía años que no veía y que acudieron al fallecer su madre— y en que su vida de ahora le trajera una extraña parálisis anímica a pesar de su empeño por zambullirse en la existencia. Un retrato de su abuela materna presidía el salón; cuando se sentaba en la butaca y alzaba la cabeza, se encontraba con su mirada. Su abuela había llevado siempre encima, en el bolsillo de todas sus batas, una fotografía de sus hermanos, fusilados durante la guerra siendo adolescentes. Nunca los encontraron, y aquella imagen pegada en cartón duro durmió junto a ella durante más de setenta años, como si sus hermanos estuvieran sepultados en su cuerpo. ¿Hasta dónde nos acompañan los muertos?

II

LA CASA

A su madre la enterraron en el pueblo donde nació. Adriana conocía aquel cementerio desde niña, cuando la llevaba su abuela, que iba muy compuesta a poner flores en las tumbas porque se trataba de un acto social. En su visita, probablemente se encontrarían con alguna mujer que hubiera ido al camposanto a la misma hora que ellas. Su abuela se tensaba si veía a otra persona. Era altiva; cuando llegaban a la tapia del recinto la hacía callar, como si necesitara silencio para proyectar su imagen o temiera que Adriana fuese a decir alguna inconveniencia. Si la persona a la que se encontraba era de su agrado, notaba la relajación de su cuerpo, del tono de voz. Pero si se topaba con alguien desconocido o que ella no aprobaba, pasaba entre los nichos muy derecha, con todos los músculos como garrotes viles, y soltaba un «Buenas tardes» que podía sonar áspero, que sin duda era altanero y que a veces tenía algo de remilgo. Su abuela era hija de señorito y, aunque venida a menos, conservaba todavía los modos de su clase social.

Iban al cementerio por una carretera mal pavimentada, de cunetas que en invierno se embarraban, cercas de piedra, algunas vaquerías destartaladas y olorosas a leche y estiércol, espigas de trigo y avena, flores primaverales que su abuela iba mostrándole: campanillas, flor de la mosca, sangre de Cristo, amapolas y jaramagos. El horizonte era de llano hacia el este y de dehesa hacia el oeste, y a lo lejos se alzaban unas montañas que se veían azules o verduscas, a veces violetas. Adriana temía a los perros, disuasorios mastines que ladraban a su paso, y si el día amenazaba lluvia, se sorprendía de las botas altas que se ponía su abuela, a la que estaba acostumbrada a ver como a una eterna anciana. Las botas, de un tacón discreto, eran femeninas y le arrojaban la extraña idea de que su abuela alguna vez fue una mujer joven y de que en sus carnes, blanquísimas y aún tersas, quedaba sensualidad. La imagen era fugaz: se limitaba al momento en que ella se alzaba un poco la falda para calzarse, dejando ver la media y el muslo. Luego volvía a ser una mujer mayor, inconfundible en su sobriedad, diminuta, grácil, sin apenas canas a pesar de su edad.

A partir de los nueve o diez años, Adriana dejó de acompañarla al cementerio. Siguió yendo, pero sola o con sus amigos para jugar entre las tumbas. No le dio importancia al lugar hasta que no empezaron las muertes en su familia: primero la de su abuelo y la de un primo que había sido como un hermano, luego la de su madre, después la de su abuela. De repente el camposanto se convirtió en un lugar casi íntimo debido a la necesidad de hacerse cargo de sus muertos, de la atemporalidad que la concernía. Recorría las tumbas por orden genealógico. Comenzaba por la de sus bisabuelos Leopoldo y Lucía, padres de su abuelo, y continuaba por la de Bartolomé y Altagracia, bisabuelos por parte de abuela. Seguidamente se iba a la de sus abuelos Antonio y Adriana, de quien ella había heredado el nombre, y a la de su tío Felipe, del que guardaba un recuerdo vago. Luego se quedaba un buen rato en la de su madre, que abominaba de llamarse Eulalia pero le encantaba que le dijeran Lali: así figuraba en la lápida. Terminaba el recorrido en la de su primo Fernando. Le gustaba comprobar que los nichos seguían ahí, en idéntico silencio; asomarse al osario, con sus ataúdes y coronas funerarias podridas; mirar desde ese alto —al osario se subía por unos escalones empinados, irregulares, como si estuvieran tallados en la roca— los campos, el cielo a veces limpio y otras nublado. Sentía que pertenecía a aquel lugar, y aunque la muerte la asustaba, allí no encontraba nada fúnebre en ella, sino una liberación y una conformidad con que aquel fuera también algún día su sitio: un nicho pequeño, una lápida convencional, escueta, hermosa en su modestia y en sus falsas rosas blancas.

La conciencia de la desaparición de los suyos se le había afinado de una manera decisiva con el abandono en el que se encontraba la casa de su abuela, vacía desde que esta se demenció y acabó en una residencia. Su familia aún no había logrado venderla. Ya apenas iba, aunque se había criado en ella. Su madre la dejó con su abuela con solo seis meses, y había experimentado aquel lugar como si fuera un enorme cuerpo, incluso como el cuerpo que la vio nacer, usurpando al de su madre. Hasta que la escolarizaron estuvo más tiempo allí que con sus padres, que trabajaban mañana y tarde y apenas podían atender a una niña. Esa era la explicación oficial. Lo cierto era que Adriana siempre había creído —lo había sentido, en verdad— que su madre había delegado en ella su propio deseo de habitar el pueblo y la casa. Su madre se había marchado a los siete años a Badajoz, con una tía paterna, para poder estudiar; luego continuó yéndose cada vez más lejos —Sevilla, Granada, Málaga, Gerona— para hacer la carrera, trabajar, casarse. Trató de volver a su tierra sin lograrlo y no se arredró ante nadie cuando dejó a Adriana con su abuela al poco de nacer. Le dio igual que le dijeran que no quería ocuparse de su hija. Le hizo el regalo de que en su niñez hubiera una plenitud que rara vez se da en una ciudad mientras dura la infancia. Cuando Adriana volvió con sus padres para ir al colegio, el vínculo con sus abuelos no se rompió, sino que continuó afianzándose. Siguió pasando con ellos las navidades, la Semana Santa y el verano entero. Durante años, tuvo una casa enorme y misteriosa y un campo para corretear a sus anchas, sin apenas vigilancia. Iba y venía por donde le daba la gana, y solo se la reclamaba a la hora de las comidas.

De muy niña dormía en una habitación al fondo de otra, en una estancia sin ventana, lo que no resultaba raro en los pueblos: habitaciones que parecían excavadas en una roca. Sus primeros recuerdos de ese cuarto de las cavernas eran de cuando tenía tres años y su abuela la despertaba al alba. La llevaba a la cocina y hacía fuego en una hornilla. Prendía la lumbre con hojas de periódico y cerillas. Ella contemplaba las llamas extasiada.

Sus abuelos tenían también un campo mediano, con tierras donde se sembraba cereal, una huerta con una higuera, gallinas y unos pocos olivos. Se llamaba El Mirto. Contaba con una casita muy vieja, con chimenea y unas pocas habitaciones, muebles escasos y antiquísimos y aperos de labranza que ya no se usaban.

Cuando Adriana iba de pequeña al pueblo, ingresaba en otro mundo. Apenas se compraba; comían de lo que daba El Mirto, de la matanza y de lo que cazaba su abuelo, liebres y tórtolas que se cocinaban con arroz. Se llegaban a la vaquería a por la leche cuando caía la noche. Había que hervirla. La ropa se remendaba. Los zapatos se encargaban al zapatero. A su abuela le confeccionaba los vestidos una modista coja que a Adriana siempre le clavaba los alfileres al tomarle la medida. Todo era valioso. El pan duraba hasta que se ponía como una piedra y entonces se echaba al caldero, para las gallinas. Si quedaba algo en el plato, sus abuelos hacían el esfuerzo de comerlo para no tirarlo. Persistía el trauma de la escasez, de la guerra y la posguerra. No había calefacción, solo una mesa camilla con brasero de picón y un par de estufas de gas para las habitaciones. En invierno, hacía tanto frío que les salían sabañones en las manos y veían el propio vaho surcando el aire de los cuartos cuando entraban tiritando en ellos.

Vivían con lo imprescindible porque estaban acostumbrados y por haber conocido la miseria, una palabra que su abuela pronunciaba con espanto. Aunque en sus tiempos tuvieron criadas, la sociedad de consumo y el derroche eran inconcebibles para ellos, y al ir al comercio no había caprichos. Siempre adquirían lo mismo, una lista de la compra idéntica mes tras mes, año tras año.

Su abuelo era practicante, y además de recibir en su consulta, que estaba dentro de la casa, visitaba enfermos. Caminaba incansablemente, las botas siempre llenas de barro. Durante la contienda fue alférez y luego teniente, pero no estuvo en el frente, sino curando heridos. Amputaba brazos y piernas con un hacha, sin anestesia, dándoles coñac a los soldados.

En el pueblo hizo siempre de médico y no solo de practicante, porque allí no había ningún médico. También atendía partos y sacaba muelas; cuando le tocaba hacer esto último, los alaridos eran de tal calibre que su abuela y ella tenían que salirse al patio y cerrar la puerta de la casa para no oírlos.

Recordaba la intensidad de los sabores y que todo era excepcional porque no siempre había. Así, los tomates en verano, tras un año entero sin tomates, o los espárragos que crecían en los arriates. Tal vez la excepcionalidad de todo aquello solo existía para ella por ser niña, por haberlo vivido en su larga etapa de descubrimiento del mundo.

La casa estaba siempre en un mismo orden escrupuloso. Un vaso encima de la mesa hacía rezongar a su abuela: «Pero ¿quién se ha dejado ese vaso ahí?». Las cosas eran devueltas inmediatamente a su sitio tras su uso no solo por una manía de orden, sino por una cuestión de dignidad hacia los objetos. Se mantenían en su mejor estado, daba igual lo modestos que fueran. Aquellos objetos eran antiguos, hechos con materiales que propician la duración. En aquel ambiente atemporal, una bolsa de plástico o una bandeja de poliespán eran como un grito.

Para su abuela había un solo lujo: las flores. Las macetas. Tenía un patio lleno de ellas. Aquella exuberancia vegetal era su orgullo, su única concesión a un exceso material, primorosamente cuidado. «Niña, ven a ver las flores del patio», le decía. Nunca la llamaba por su nombre. Ella era la niña. «Voy a la cámara, niña. ¿Me acompañas?». No había ningún motivo por el que su abuela necesitara que ella subiese a la cámara, salvo el pasearse las dos entre los trastos del pasado, como si su abuela quisiera mostrárselos, hacerla partícipe de su memoria. Adriana contemplaba la cuna en la que durmió su madre. Allí siempre entraba el aire y daba una sensación de intemperie, pero era un obstáculo espectral lo que cercenaba su curiosidad. Los objetos se amontonaban en difícil equilibrio, bajo colchas y telarañas. En el techo, altísimo, se veía la estructura del tejado, la madera, la paja del adobe. Las ventanas lucían viejas, de cristales finos muy estropeados e infinitas rendijas minúsculas, como las arrugas de un rostro centenario. Por todas partes había trampas para ratas con la madera ajada, el metal oxidado, el trozo de queso seco. Nada más subir por las escaleras empinadas, irregulares, en un ascenso que recordaba a un camino de montaña hasta una región helada y transparente, ya estaba la primera trampa, anunciada con histeria por su abuela, como si lo más probable fuera engarzar el pie en ella.

Cada cuarto tenía un olor particular. No importaba lo que se hiciera dentro: fumar, echarse colonia o fumigar con antimosquitos. Rápidamente el olor de la habitación acababa con el invasor. De la misma manera que la rotundidad del espacio hacía que la belleza se conservase a pesar de que algunas reformas estaban hechas sin gusto y sin recursos, el olor de cada cuarto borraba cualquier rastro de otros. El origen de esos olores estaba en la actividad que durante décadas se había llevado a cabo allí. Así, la consulta de su abuelo mantuvo una reminiscencia permanente, sutil, al alcohol de curar años después de su muerte, y la alacena donde se guardaba el queso añejo siguió oliendo a queso cuando ya hacía mucho tiempo que allí no se metía nada.

También sabía a qué olía el suelo y qué tacto tenía, aunque sería más exacto decir «los suelos», pues eran distintos en cada estancia. En ellos se tiraba para jugar, entre muñecos de goma e insectos diminutos, y en verano apoyaba su mejilla para sentir el frío rugoso de la baldosa hidráulica, la irregularidad arenosa del granito, la frialdad cortante del terrazo, la suavidad del mármol. A veces se tumbaba boca abajo para aspirar el olor de la lejía, del detergente y de algo indeterminado, terroso, como un manto vegetal pútrido.

El patio, el cielo, el tejado. Los lugares raros como el váter chico, donde comenzó a encerrarse a partir de la adolescencia para fumar y leer testimonios eróticos en revistas. Una casa grande permite esconderse.

El váter chico fue uno de los primeros inodoros con agua del pueblo y estaba fuera, en el patio. Carecía de cisterna;

había que ir al pozo a por un caldero, y su única luz era la que se filtraba por una claraboya. Sus abuelos tardaron mucho en poner electricidad en ese habitáculo.

Entraba asimismo en un corralillo donde antes había gallinas y que, cuando niña, ya solo se usaba para para tender la ropa. Escudriñaba los gallineros yermos, un arriate grande con tierra donde se llevaban los escombros cuando se acometía alguna obra.

Le gustaba estar allí a solas. Arrancaba el musgo que crecía sobre las piedras de la pared, se subía a una estructura de granito parecida a un dolmen y contemplaba el tejado. Mirar las tejas largo rato le generaba la impresión de contemplar un lugar desconocido, inesperado. Se instalaba en aquella pura extrañeza surcada por el piar graciosamente sostenido de algún ave, como si la duración del sonido trazara una línea en el aire.

Pero sobre todo era el silencio lo que escuchaba. Se agazapaba en él, lo acechaba. Asistía a algo esencial, de la propia naturaleza del tiempo, cuando se quedaba quieta en cualquier lugar solitario, suscitando en los demás una única pregunta: «Niña, ¿qué haces ahí?».

A veces lo que hacía era observar las flores diminutas y blancas de un yerbajo que crecía entre los adoquines del suelo. Le asombraba la perfección de esa miniatura, descubrir que el mundo siguiera siendo preciso en una escala tan diminuta, tan cerca de lo invisible.

En la casa había más lugares extraños que frecuentaba con la misma ansia indagadora, como si el espacio fuera a darle alguna clave, o como si todas las experiencias estuvieran contenidas en él. Bastaba con encontrarlas. Para ello, había que colocarse en la posición exacta, saber habitarlas. En el palomar, unas tórtolas engordaban con pienso. Eran piezas de caza; acabarían con el buche atravesado por perdigones. Cuando su abuelo se llevaba las tórtolas al amanecer, en jaulas, ella se iba a espiar el lugar vaciado, a auscultarlo.

Estaban los sitios absolutamente ignotos, los que no se visitaban nunca. Como si no les perteneciesen: puntos ciegos, negados. Por ejemplo, en la parte de arriba de la cochera, a la que llamaban «el pajar», el espacio se extendía hacia un recodo adonde no alcanzaba la luz de la bombilla. Jamás lo pisaban. Ese recodo permanecía siempre en penumbra, invadiendo unos metros el patio del vecino, como si subrepticiamente la casa tratara de conquistar otros espacios, incluso de huir de sí misma.

Fuera de la casa se hizo también adepta a los lugares raros. Así, un callejón donde estaban los contenedores de basura y una alcantarilla sin reja, por la que cualquier anciana se podía precipitar en la inmundicia. Eran andurriales donde solo se encontraba a muchachos pasándose un porro o a algún animal muerto que alguien había arrojado, podrido de gusanos.

Allí aprendió a pasear. Pudo salir sola, sin vigilancia, desde los seis o siete años. Iba a menudo con la bici, explorando las calles con una sorpresa continuada, sus cambios de luz, la impresión que le daban dependiendo de si era por la mañana o por la tarde. Prefería vagar cuando no había nadie, porque no quería ser observada. Parte del aprendizaje de la libertad consistía en saber ocultarse para no ser controlada. Buscaba lugares desconocidos en los que perderse y experimentarse en situaciones nuevas. Encontrarse con el mundo a solas era su forma de descifrarlo.

La casa tenía una puerta falsa, así la llamaban, en su trasera, y desde la calle se llegaba a ella por una cuesta cuya ascensión era casi espiritual. Adriana sentía una elevación del cuerpo, una enorme turbación sin saber por qué, junto con la arena que pisaban sus zapatos en esa calzada de cemento mil veces descascarillada y remendada, por donde circulaban coches y tractores.

Encontraba belleza donde no la había, antes de que le inculcaran cualquier noción de lo que es bello. Y en ningún otro lugar conoció un universo tan vasto, aunque sabía que eso no pertenecía a la casa, sino a la naturaleza de las familias y a la niñez.

También convivió con el exceso religioso, el rigor de la misa, el rosario a media tarde, el devocionario. Siendo muy pequeña, se tragó a diario la novena. Dormitaba sobre los bancos fríos y duros de la iglesia, y de vez en cuando su abuela la ponía derecha de un tirón. Recuerda recorrer luego los retablos del vía crucis y preguntarle por lo que pasaba ahí, y solía detenerse delante de un cuadro donde estaban pintados el Infierno, el Cielo y el Purgatorio. Escrutaba el Purgatorio, a las ánimas, que todos los días despertaban a su abuela a la misma hora. Su abuela les rezaba antes de acostarse y les pedía abrir los ojos a las siete de la mañana. Adriana se imaginaba a las ánimas con túnicas negras, sin rostro. Un murmullo sostenido y penoso.

En los últimos años se había visto, en innumerables ocasiones, recorriendo mentalmente las estancias de la casa, pues guardaba de ellas una memoria exacta que la salvaguardaba siempre, a toda hora y en cualquier circunstancia. Se rememoraba entrando primero en el zaguán con sus sillas, en las que se sentaban los pacientes de su abuelo. Esas sillas se quedaron vacías cuando él dejó de trabajar, momento que superó con creces la edad oficial de su jubilación. Nadie las usaba hasta que no llegaba el verano y las visitas a su abuela, que tomaba el fresco en un sillón de mimbre. Su abuela sacaba a la acera una de esas sillas cuando alguien iba a conversar un rato. Adriana recordaba especialmente el distribuidor con el techo abovedado y adornos de arabescos, del que partían seis cuartos, algunos con frescos —paisajes campestres, pastorcillos tocando la flauta, un río y al fondo una torre parecida a la del Oro—. También la escalera de mármol que conducía al segundo piso, donde había tres dormitorios, y la puerta siempre atrancada de la cámara. Del salón partían más estancias, pero era en la primera parte de la casa donde residía su aire señorial y, sobre todo, su misterio. Una cancela separaba el zaguán del distribuidor, y al franquearla sentía la profundidad del lugar, la quietud expectante, turbadora, de todas las habitaciones. Las bóvedas hacían que el espacio fuera hacia arriba, que ascendiera, al igual que en los templos. Su paso por aquel lugar fue iniciático todas y cada una de las veces que lo atravesó, pero solo ahora que lo evocaba se daba cuenta de hasta qué punto ese recorrido previo por el recibidor la preparaba para llegar al universo familiar, para asumirlo de una manera orgánica, desde el cuerpo —el cuerpo de la casa absorbiendo el suyo—. El mundo ya era otro, había llegado a su propio centro y a su propia profundidad mientras sus piernas avanzaban con alegría por la baldosa hidráulica. Todas sus células albergaban aún aquellos pasos, el aroma, el aire, la sensación de la casa con sus significados sutiles. La casa, en el estío, olía a los jazmines que su abuela colocaba cada tarde en el Corazón de Jesús, una talla que presidía el sitio junto con los helechos, las mecedoras y las pilistras.

Lo más poderoso era que cada habitación contenía un secreto familiar, y la penumbra y el tiempo que pasaba cerrada daban la medida del secreto. No había manera de penetrar en el corazón del lugar, que era el salón, donde todos se reunían, sin haber atravesado antes la oscuridad, sin presentir su materia viscosa, el silencio enorme. El cuarto donde estaba el retrato de su bisabuela Altagracia, al que llamaban «la sala», se asemejaba a un sepulcro. Allí dormitaba su fantasma, su memoria: la sangre derramada de sus dos hijos mayores, el horror ante la venganza de los santos inocentes. En una ocasión, a Adriana la paró una mujer por la calle y le dijo: «A mí me pareció mal lo que les hicieron. ¿Qué culpa tenían? Eran unos niños». La tragedia convivía con una leyenda que el tiempo tornó cómica: su bisabuela había muerto tras cenarse, ella sola, un cordero enterito. Asimismo, estaba lo ocurrido en alguna cama de las habitaciones cerradas: la casa entera vibraba por ese acto impuro. También platos que se estrellaban contra el suelo, el marido que llegaba borracho y los gritos, los hijos que se orinaban de miedo. De lo que ya no existía quedaba el eco, su densidad. Materia oscura.

La casa se expandía hacia dentro. Siempre una alacena, un cuarto más al final de otro, inesperado, lleno de enigmas, en contraste con las flores del patio, con su plenitud colorida. Adriana sentía en su disposición casi anárquica un profundo arrebato. Señalaba una libertad desconocida, como lo que crece de cualquier modo, a su manera.

Todo lo que no se había dicho, la reverberación de aquellos dormitorios antiguos sin ventanas, parecidos a grutas, llegó hasta sus tres o cuatro años: eran muchas voces hablando muy alto y sobrepuestas las unas a las otras, un sonido convertido en masa, que la aplastaba conforme invadía su cuerpo. Ocurría en el dormitorio del piso de arriba, cuando sus padres iban a la casa de su abuela y entonces Adriana dormía con ellos. Luego esas voces que acudían a ella por la mañana y por la noche, rozando la duermevela, en un estado de semiinconsciencia, desaparecieron. Solo regresaron una vez más, en esa misma cama, cuando tenía veintidós años. Sucedió un verano, en vacaciones, tras darle un par de caladas a un porro de marihuana. Dos caladas, pensó, no me harán gran cosa, a pesar del énfasis que puso quien le ofreció el porro en el pelotazo lisérgico que producía aquella hierba. Se fue a la cama; desde que era adolescente se acostaba en la habitación del piso de arriba, la misma donde la habían acechado las voces tiempo atrás. Al apoyar la cabeza en la almohada, volvieron a visitarla. No fue un sueño ni una alucinación. Hizo repetidas veces esto: incorporarse, encender la luz, apagar la luz y volver a apoyar la cabeza sobre la almohada. Nada más apagar la luz y recostarse, acudían las voces, que desaparecían de inmediato si levantaba la cabeza y prendía la luz. Debió de pasar así quince o veinte minutos, incorporándose y echándose, con un extrañamiento frío, como si fuera una espectadora de sí misma. No tenía miedo, tampoco la sensación de estar volviéndose loca. Solo quería averiguar qué pasaba, cuál era el mecanismo que se activaba al apagar la lamparita y poner la cabeza en la almohada, y también qué decían, pues no entendía nada. Experimentaba un repliegue temporal, como si la Adriana niña tomara posesión de ella, con su pesadilla. Temió pasar toda la noche así. Estaba segura de que no se trataba de ninguna psicosis, sino de una comunicación con el pasado, o quizá con algo que estaba en el dormitorio.

Su abuela empezó a demenciarse a los noventa y dos años como consecuencia de una arritmia por la que tuvo que ser ingresada en el hospital. Allí perdió la cabeza. No estaba en el hospital, decía, sino en el patio de la casa en plena noche porque un hijo le había cerrado la puerta y no la dejaba entrar. La habían abandonado en el patio, gritaba. Era imposible que entendiese que estaba en una cama. Cuando le dieron el alta, recuperó la cordura, pero solo en parte. De repente se le había olvidado cocinar, era un peligro que se hiciera un huevo frito, y en la madrugada tenía miedo de morir o de que entraran a llevársela. Oía voces; Adriana a veces especulaba con que quizás eran las mismas voces que la habían asaltado a ella. Llegaron unas cuantas cuidadoras a las que consideró intrusas que venían a robarle, especialmente en la noche, cuando el pájaro del miedo se posaba sobre ella. Las insultaba, no las dejaba comer. Ninguna aguantaba. Las hubo que se despidieron al cabo de dos o tres días. ¿Quién puede manejar a una mujer chiflada?

La metieron en una residencia de monjas. Allí terminó de enloquecer. Creía que las otras ancianas eran vecinas del pueblo y los pasillos de la residencia las calles. La obsesionaban dos niños que, según aseguraba, la esperaban en el campo. Debía ir a acostarles. Compartía habitación con la Niña Pepi, una vieja sorda, muda, retrasada y paralítica a la que las monjas habían recogido con siete años. Llevaba setenta en esa residencia, sin decir nada, con la boca abierta, con un extraño aspecto de desnutrida, de niña vieja de una guerra. Su abuela veía literalmente a una niña, sin duda influida por la forma en que todo el mundo llamaba a esa mujer, Niña Pepi. La palabra «niña» condicionaba su percepción. «¡Qué niña tan bonita!», le decía junto a su cama.

En sus visitas, Adriana la acompañaba al comedor. Se sentaban frente a una señora que también tenía la cabeza ida pero que soltaba cosas extrañamente cuerdas. Mientras su abuela hablaba de los muertos como si estuvieran vivos —«Tenemos que ir a ca l'Antonia», decía, «Ahora viene mi marido», «Ayer estuve en El Mirto con mi hermano Casimiro»—, la anciana que compartía la mesa con ella le respondía en voz muy alta y solemne, como un eco: «No sé si tengo padre, madre, abuelos, hermanos. No me acuerdo de nada. Estoy hueca». Aquellas palabras eran clarividentes. Su abuela todavía no estaba hueca: la habitaban los fantasmas del pasado, seguía hecha de trozos de los suyos. Si sus recuerdos se hubieran borrado, ¿en qué se habría convertido?

A Adriana, su nieta predilecta, dejó de reconocerla, pero no del todo: sabía que se trataba de alguien de la familia. Eso le bastaba. Era intercambiable por cualquiera de sus semillas. A Adriana le parecía ver una verdad ahí: que antes que individuos, somos lugares donde confluye todo lo que nos precede.

Cuando su abuela ingresó en la residencia, la casa se puso en venta. En algunos momentos, Adriana creyó que no soportaría su pérdida. Llegó a sentir que se había construido una vida de mentirijilla con la que encubría lo que ella era realmente: una extensión de la casa y de la memoria familiar. Se preguntó, al igual que su madre a lo largo de los años, si había valido la pena no instalarse en ella, llevar una vida que podría confundirse con la de sus abuelos, con el rumor de sus pasos y sus respiraciones, y que tendría algo de locura, pues ella carecía de un presente allí, solo conservaba un pasado del que todavía no se había desligado, que aún la dirigía, aunque de una manera ya tenue, mediada por su propia voluntad. Porque, conforme más recreaba aquel hogar de su infancia, más consciente era de poder prescindir de él. El cordón umbilical se estaba rompiendo o tal vez no hubiese sido jamás un hilo, sino una costumbre. Cuando llegaba a esta conclusión reculaba, se reprendía. Si renunciaba a sus vínculos, ¿no se condenaba a una existencia gris, no perdía algo irremplazable, o quizás este pensamiento no era sino una resistencia feroz a que no existe nada irremplazable porque en verdad unos hogares reemplazan a otros, y unas personas a otras, y eso es el ciclo de la vida, al que ella se negaba? ¿Por qué no le reconfortaba el que nada tuviera, al fin, tanta importancia?

Su abuela murió antes de quedarse hueca del todo. No se olvidó nunca de su hijo Felipe, el que tenía síndrome de Down, ni de los niños a los que se había dejado en el campo. Cuando Adriana preguntó a su tío si aquellos niños existieron alguna vez, este le dijo que se trataba de dos primos de los que su abuela se había hecho cargo ochenta años atrás.

De lo que sí se olvidó, para su sorpresa, fue de la casa.

Poco antes del ictus, su padre y ella visitaron la tumba de su madre, y en ese viaje ocurrieron algunas cosas, algunos cambios definitivos que, si bien no estaban relacionados con su padre, a Adriana le parecerían luego premonitorios de su enfermedad y de un empeoramiento de ese rosario de desapariciones que invadía sus vidas, como si a partir de ahí ambos subieran un peldaño fatal en la escalera que Señora Muerte les había puesto delante. ¿Quién iba a pensar que para él se trataba de una despedida de la despreocupación y la jovialidad de su cuerpo, aún sano? Quince días después le dio la embolia.

Su padre siempre había ido al pueblo a regañadientes. No tenía nada que ver con la vida rural ni entendió nunca aquella existencia áspera de los abuelos maternos de Adriana. Siempre se había referido a ellos como «la familia de Puerto Hurraco».

—Cuando te mueras, ¿quieres que te entierre con mamá? —se atrevió a preguntarle durante el viaje.

—Sí. De todas maneras, estaré muerto y me dará igual.

Hicieron las cinco horas de coche hasta la provincia de Badajoz y, cuando llegaron al valle, todo el campo estaba calcinado por la sequía. Era octubre, llevaba más de cuatro meses sin llover y la sierra que atravesaban, que solía conservar verdor incluso en el estío, lucía seca, aniquilada. Solo los pinos mantenían su color. El amarillo de las dehesas era delirante, sobrenatural, como si existiesen gradaciones en el matorral por la falta de agua y el sol bárbaro y allí se hubiera llegado al punto máximo. O como si fuera posible instalarse en la ausencia absoluta de lluvia y todo se hubiese convertido en una carcasa a la que bastaba un soplido para reducir a polvo, a la nada. Excepto las encinas, que parecían piedras retorciéndose en mitad de la desolación, todo tenía el mismo amarillo que el sol, una idéntica furia destructora. Aquel apocalipsis no dibujaba un paisaje dantesco. No era una muerte espectacular del valle, sino discreta. Parecía que el espacio se hubiera reducido, que la tierra solo fuese capaz de dar una imagen desvalida y miserable. Saqueada, pobre, sin fuerza, como ocurre con los enfermos terminales. A medida que descendían hacia el valle, Adriana encontraba menos belleza en todos esos lugares amados cuyo horizonte siempre se abría al infinito. Ahora tenía la impresión de que dibujaban límites precisos a partir de los cuales no había nada que ver.

El pueblo también le pareció envejecido. La misma casa de su abuela, cuya fachada ofrecía una hermosura austera incluso con el cartel ya amarilleado de SE VENDE en un balcón, se le antojó al cruzar su umbral mucho más pequeña, como si hubiera disminuido de tamaño. Los techos no eran tan altos ni su frescor tan pronunciado. Su silencio no revestía profundidad, sino un mero vacío, como el que queda en un armario viejo a punto de tirarse. Le pareció que no había transcurrido un año desde la última vez que estuvo allí, sino un siglo. La casa estaba diezmada por la falta de vida, despojada de su misterio.

Intentó localizar elementos que antes dotaban de densidad al espacio. Uno de ellos eran las plantas. Los helechos, las pilistras, el árbol de jade, el poto, el filodendro, las begonias, los rosales, los periquitos, la palmera, las margaritas blancas, una lila que en verano esparcía un aroma dulce, el jazmín, los geranios a los que llamaban «sardinas», los claveles, las esparragueras, el lirio de agua, el perejil. Había desaparecido aquella espesura vegetal que se repartía dentro de la casa y en el patio, y que embellecía el ambiente y le otorgaba grosor, volviendo visible y más grande el sitio que ocupaba. En los sillones y en el sofá había fundas feas, que siempre dan una sensación de abandono. Por otra parte, su visita fue fugaz. Pasaron allí una sola noche; no pudo pasearse tranquilamente por los cuartos, absorbiéndolos, ni fue a la cocina, con su enorme hogar y la bodega. En el patio ni siquiera quedaban arriates, y una zona del corralillo había sido vendida al vecino, así que el muro de piedra al que Adriana se subía de niña no estaba. En su lugar, se alzaba una simple pared.

Pero lo más definitivo era que las habitaciones ya no parecían albergar secretos. Si hubiese dormido en el cuarto de arriba, de donde habían quitado las camas, las voces ya no habrían acudido a su duermevela.

«Ay, niña, ¿quién se iba a figurar esto?», le había preguntado muchas veces su abuela en su última década, asombrada ante el silencio cada vez más acusado de la casa conforme fueron muriéndose marido, hijos, hermanos, las amigas de las visitas, hasta que finalmente ya no hubo nadie que fuera a verla por las tardes. «¿Quién se lo iba a figurar?», repetía. Parecía que el futuro con el que había soñado hubiera sido sustituido por un presente inimaginable no por su excepcionalidad, sino por su normalidad, por su previsibilidad. Aquella pregunta expresaba su estupor ante la desaparición de la vida que había sido la suya, de los seres que la poblaban y de los que dependía, y lo sorprendente es que no conllevara en realidad nada. Se seguía viviendo sin ellos.

A Adriana ya no solo le faltaban las voces de las habitaciones, sino también las de su madre y su abuela. Persistían únicamente dentro de ella, mezcladas con la suya, casi imaginadas, como una de esas historias para las que inventaba continuaciones.

¿Por qué en todo ese tiempo había sido incapaz de escribir sobre su universo materno y en cambio se había dedicado a fabular con las historias de los demás? ¿De qué tenía miedo?

III

LAS VOCES

HIJA: Ese hombre de la barba. Era periodista. Apareció poco antes de Navidad. El primer día me equivoqué, creí que era un hombre triste, pero no se trataba de eso, sino de un casado al que su matrimonio le iba mal. Arrastraba su alma por ahí para que alguna se apenara. Lo tenía calculado. No él, sino su instinto. Él a duras penas lo habría reconocido.

ABUELA: Mi suegra se asustaba cuando venían los aviones. Se tiraba al suelo y gritaba. Según algunos, tenía epilepsia. Si alguien en la plaza le decía: ¡Lucía, un avión!, se metía en la casa dando alaridos. Cuando estalló la guerra estaba visitando a su familia en la ciudad. Tuvo que quedarse allí porque en la carretera había tiros a diario. Se alojó en casa de su hermana, frente al Hospital Militar. Las bombas caían en cualquier lado. Parecía que buscaran la pura masacre por venganza, o eso decía ella. Daba igual que avisaran con octavillas. ¿De qué servían, si no tenían un sitio en el que resguardarse? Porque no había un solo refugio. Mi suegra vio cómo destruían el Hospital Militar. Contaba que un loco estuvo dos días merodeando junto a lo que quedó del edificio, con la cara ensangrentada y sin un ojo, diciendo que había venido Dios. No sé por qué por el pueblo pasaban tantos aviones durante la posguerra. Recuerdo que no iban tan alto, que el ruido se quedaba en el aire. Nadie se alteraba tanto como mi suegra.

MADRE: Subía con mi amiga a la carrera, y con los pulmones abiertos nos fumábamos un cigarro que nos mareaba. Yo no tenía más que dos vestidos: uno para el invierno y otro para el verano. Así iba todos los días a la facultad, con ese vestido de la fotografía. Ahí tengo veinte años. Es el invierno de 1965. El vestido era de color verde, y encima me ponía un jersey que picaba. Cómo picaban antes los jerséis. Para la foto me lo quité y me peiné. No te retrataban así como así. Cuando estudiaba la especialidad, uno de mis compañeros se compró una Polaroid y todos los días nos sacaba fotos a mí y a los demás; entonces me acostumbré a no posar, aunque luego salía con los ojos cerrados y fea, y me arrepentía. Pero aquel compañero era un pesado con su cámara y no se le podía estar haciendo caso. Además, aquellas fotos parecían desteñidas. Yo las prefería en blanco y negro. La realidad ya tenía bastante color. Había algo teatral en el blanco y negro, como si interpretáramos una variación de nosotros mismos que nos mejoraba o que nos volvía misteriosos.

HIJA: Aunque más tarde me confesó que me había buscado por Facebook. Le había llamado la atención mi imagen. Yo era igual que una gata que pasara la tarde entera acurrucada en un lugar caliente. La primera vez que me vio tumbada en el sofá me dijo que no se había equivocado: yo era, en efecto, igual que esa gata de su imaginación, que pasaba la tarde entera en un lugar caliente, por ejemplo en un cojín junto al radiador. Se trataba de un hombre que repetía mucho las mismas palabras e incluso las mismas frases. Su palabra preferida era «delicado». La gata sugerida por mi foto de perfil era delicada, y yo misma era delicada según él, como una gata que pasa la tarde entera sobre un cojín, etcétera.

MADRE: Habían venido unos misioneros al pueblo. Fue antes de la guerra. Ese es el nombre que me viene ahora, «misioneros», aunque no me suena que hubiera misioneros por los puebluchos. «Misionero» no parece ni siquiera una palabra que yo haya usado nunca para hablar de aquella época. ¿Qué me pasa con las palabras? El caso es que causaron furor entre muchas mujeres beatas. Las volvieron aún más santurronas. Y mi abuela Lucía ya iba todos los días a misa y rezaba rosarios y tenía fritos a sus hijos. Mi abuelo Leopoldo bebía mucho. Eso dicen. Yo no le conocí, pero me lo han contado. Mi abuelo Leopoldo y mi abuela Lucía no se entendían. A él le habían acusado de homosexual. Enseñaba en la facultad de Veterinaria y tenía un gran amigo entre los profesores. Empezó a extenderse la voz de que eran maricas. Te puedes imaginar lo que era eso en una ciudad de provincias donde no había más que iglesias. Tuvo que dejar de dar clase y esconderse en un poblacho. Y aquí se quedó. No me extraña que se hiciera alcohólico.

HIJA: El hombre la barba. Así no se empiezan las cosas, me dijo una amiga. Sácalo de tu casa y que se alquile un piso para cuando le toque quedarse con sus hijas. ¿Qué vas a hacer tú con unas niñas pequeñas?

MADRE: Tenía una beca. No habría podido estudiar si no. Éramos solo tres mujeres. El resto de la clase eran hombres. Yo hacía Medicina. Lo que no pudo concluir mi padre. De hecho, la acabé con matrícula de honor. No daban muchas matrículas de honor, y yo fui una de ellas. Cada vez que había exámenes llamaba llorando a mi tía. No llamaba nunca a mi madre, y menos a mi padre, que no habría podido entender que me gastara el dinero en una conferencia. Se decía así: quiero una conferencia con tal sitio, y le dabas el número. Las de la centralita podían escucharlo todo. Llamaba llorando porque estaba segura de que iban a suspenderme. ¿Sabes lo que eso significaba? Que me quitarían la beca y que habría fracasado ante mi padre. ¿Te haces una idea de lo que suponía ser en los años sesenta la primera mujer universitaria de un pueblo? Pero no me quiero desviar de lo que estaba diciendo, que es que no había razón para que yo pensara que iba a suspender. No era ese el motivo de mi llanto. Si hubiese leído a Freud, habría sabido qué nombre recibía mi mal a principios del siglo XX en Viena: neurosis de angustia. Pero este es un pensamiento que mi voz no debería tener. Mi voz tendría que ignorar tales cosas.

ABUELA: Mi suegra se puso un cinturón de castidad. A mí también me habría gustado ponerme uno. Nadie vio nunca ese cinturón, pero se conocía que lo llevaba por los gritos de mi suegro. Cuando dejó de gritar, jamás se supo si fue porque ella había renunciado al cinturón o él a acostarse con ella.

Aquí no había putas, pero sí criadas. Y algunas se dejaban hacer por los señoritos para que no las echaran. Pero esto es algo que yo no debería haber dicho. Esto es un conocimiento vedado para mí, aunque sin duda todo el mundo lo sabía y yo también, y de primera mano, pero no con las palabras que acabo de pronunciar. Esas palabras no pertenecen a la naturaleza de lo que sé, aunque se le acercan. Las que éramos como yo aprendíamos las cosas sin palabras; solo nos poníamos nerviosas si había una criada demasiado joven, y tratábamos de que siempre estuviera con nosotras. Dejaban tras de sí un olor oscuro esas criadas, y yo nunca estaba segura de que se hubiesen retirado al final del día. Temía sorprenderlas en algún rincón. Antes me daban miedo los bandoleros, y luego las criadas que iban conmigo a misa y me llevaban el reclinatorio y me ayudaban a ponerme el velo negro en la cabeza. Repito que yo viví lo que he dicho antes, lo que pasaba entre las criadas y los señoritos. Todo el pueblo se enteró. Había una diferencia entre que se supiera en silencio y se supiera hablando. El silencio era como las criadas agazapadas en mi casa en mitad de la noche, cuando yo todavía era joven. Todas las habitaciones se habían convertido en puras criadas y a mí se me quedaban helados los pies hasta el dolor cuando me levantaba de madrugada, en invierno, y me ponía a buscarlas. Solo me encontraba con los hurones. Los hurones de mi marido se escapaban de madrugada e iban de alacena en alacena buscando chorizo. Me habría gustado ponerles matarratas, pero mi marido habría sabido que era yo. Y además el chorizo envenenado podría haber acabado en la boca de alguno de mis hijos.

MADRE: Tuve que asistir a una operación de ojo y me caí redonda. Ahí me di cuenta de que no podía ser cirujana. Ya empezaban las operaciones de cirugía estética entre las ricas, pero yo no fui capaz de ver cómo rajaban el globo ocular de un muerto, así que me olvidé. Esto era antes de que mi padre decidiese mi especialidad por mí. Podría haber hecho lo que me diera la gana, todo menos cirujana porque me caí redonda delante del muerto que estaban operando, y del profesor y de la clase entera. Pensé en Neurología, pensé en Medicina interna, pensé en Psiquiatría, pero cuando llegó la hora de especializarme mi padre dijo que pediatra. Que yo era una mujer y que resultaba ridículo que hiciera otra cosa. Las mujeres y los niños primero. La vergüenza de mi padre viendo mi imposible autoridad de mujer ante una rodilla rota empezó a colarse por los ventanales de la facultad. Yo era la vergüenza del pueblo, parecía que todos en la plaza, en el casino o detrás de los visillos estuvieran susurrando qué hace esa, que se quite de ahí, y esas voces pasaban por las orejas de mi padre y me alcanzaban con toda su cólera, como si en lugar de estar estudiando Medicina me hubiese dedicado al asesinato, aunque estas palabras no son mías porque jamás habría hecho yo tal comparación, y además sé que mi padre se sentía muy orgulloso de mí, incluso con su vergüenza. Yo habría dicho comprensivamente años después que mi padre era un hombre de su época, y que a excepción del tiempo que había pasado en la ciudad de provincias estudiando él también Medicina, que fue una carrera que no pudo acabar por la guerra, no había salido jamás de unas calles donde las mujeres no hacían otra cosa que limpiar y parir y quedarse viudas o solteronas, o como mucho meterse a monjas o ser maestras. Eso, como digo, lo habría dicho años después. En ese momento solo sentí remordimiento por haber querido ocupar un lugar que no me correspondía.

HIJA: El hombre de la barba. Le escribí unos cuantos poemas malos. Eran poemas de desahogo, cursis, sentimentales, pero con los que sentía y entendía cosas que no sabía expresar de otro modo. No creo en el desahogo como motor de un texto, o no en primer lugar, así que incluso cuando estoy imbuida del entusiasmo de los poemas sé que son una basura, porque lo que estoy haciendo es aliviarme. Pero quizás el lenguaje que a veces siento más propio de lo que escribo, más auténtico (este calificativo es asqueroso), sea el más falso, y el que me resulta más falso, el más verdadero. Verdadero y falso son conceptos aún más problemáticos. ¿Falso o verdadero con respecto a qué? Podría no avanzar jamás si me parase en cada palabra. El sentido de la literatura es lo que me han enseñado que es el sentido, con sus correspondientes negaciones. Cada cosa contiene a su contrario. La transgresión pone en primer plano la norma. Y, en todo caso, es imposible saber cuándo se está haciendo literatura porque se ignora lo que es la literatura, aunque no por defecto, sino por exceso: hay demasiadas definiciones de lo literario. Pero yo quería ir a mis poemas. Este es uno:

Esa puerta debe permanecer abierta,
dijiste.
Del pasillo llegaba un silencio angosto
enturbiando de sueño mis pupilas.
Te vi cruzar el umbral
de lo que debía seguir cerrado por ser una frontera
a la que diste la vuelta mientras me llamabas
con esa palabra que según tú
no emocionaría a ninguna otra mujer en el mundo.
Los dos sabíamos que la funcionalidad estaba en ese sintagma,
«ninguna otra mujer en el mundo»,
y también en ese otro que a menudo decías y que yo creí:
«vamos a tener que darles una clase magistral de amor».
Y así te giraste para pronunciar de manera cariñosa,
como solo podía sonar en tus labios para que yo lo recibiera,
única mujer en el mundo que etcétera,
pura baratija,
la única palabra para la que no encontramos compañía:
rata.

ABUELA: Siempre quieren arrancarme las palabras. No es que crea que se está mejor callada. Es que el pasado no me importa. Me importó antes, aunque nunca durante mucho tiempo porque enseguida tuve hijos y demasiadas cosas que hacer. Pero esto es una explicación lógica y mi desmemoria no tiene lógica. Y además no me gusta que la gente ande hurgando. Cuando quieren hurgar siempre es por algo malo. No existe la curiosidad sana, eso es una cosa que solo pueden creerse los idiotas. Me están haciendo hablar de una manera que no sé, estoy diciendo cosas que nunca habría dicho porque no sabría cómo decirlas, mi lenguaje es más simple, mi cabeza es más simple, lo que no sirve va para fuera. A partir de cierta edad todo lo que sucede es puro milagro. Muy pronto está cumplida tu sentencia. Antes de los cuarenta. Tal vez a los treinta. Para mí a los veinte. Afirmo que esto fue mejor porque me ha impedido desear. Frustrarme. He tenido siempre todo lo que quería porque lo que quería coincidía con lo que tocaba. Esto era lo que tocaba:

Un marido practicante.

Dos criadas.

Una casa en la plaza del pueblo que nos regaló mi padre por la boda.

Una hija mayor estudiosa y dicharachera.

Una hija segunda bromista y diligente.

Un hijo tercero muy bondadoso y tranquilo.

Un cuarto hijo valiente y deportista.

Un último hijo tonto. Ahora les dicen síndrome de Down.

Lavar la ropa los lunes en el pilón con ayuda de una criada.

La limpieza diaria con ayuda de otra criada.

La comida diaria que decidía mi marido y yo cocinaba.

Llevar a los niños a la escuela, que también lo hacía una de las criadas.

Preparar lo que venía de la huerta. Tomates, lechugas, rábanos, zanahorias, remolacha, sandía, habichuelillas. En verano hacer conserva con los tomates y los pimientos.

Esperar durante los mediodías a mi marido, que llegaba en un estado del que prefiero no hablar.

Comer intentando que ninguno de mis hijos llorara y se orinase encima por ver así a su padre. Mi hijo tonto era el único que se reía, como si él viera otra cosa.

Procurar que ninguno de mis hijos hiciera ruido durante el tiempo en que mi marido se echaba la siesta.

Esperar en silencio a que mi marido abandonara la casa a primera hora de la tarde.

Dejar que mis hijos jugaran.

Prepararme para la misa.

Ir a misa con la criada.

Hacerles la cena a mis hijos y acostarlos.

Cenar yo.

Acostarme con la faja puesta para que mi marido no me tocara.

Oír cómo llegaba mi marido a las doce y media de la noche. Hacía ruido porque sacaba el pan y la cena caliente del cajón de la mesa, que chirriaba.

Dormirme antes de que mi marido se acostase.

Esto duró mucho tiempo y luego hubo variaciones, por ejemplo:

Mi hija mayor se fue a estudiar a la ciudad, a la casa de su tía paterna.

La criada joven empezó a lucir una tripa que no era de gordura, sino de embarazada.

La criada joven abortó y yo pensé mucho en todos mis abortos.

Y lo que viene a continuación ya lo he contado.

Digo: nunca quise nada distinto a esto. Así fue como me educaron: lo que hay es lo que hay. Lo que hay es siempre peor si se piensa que puede haber otra cosa. Yo no comparaba. Los jóvenes de hoy no entienden esto. Mis hijos no entendieron esto. Si algo se desea, entonces no ocurre.

Además: soy católica ultramontana, aunque no lo diría de este modo. Este lenguaje está lejos de lo que sé, de lo que soy. Yo no podría decirlo así porque no conozco otra manera de ser católica.

Sí que puedo decir esto: conozco a Dios. Dios está conmigo. Dios me reserva un sitio a su derecha.

Puedo decir también: la mayoría no han conservado la pureza. Yo conservé la pureza. Mi lenguaje tiene los significados literales que me enseñaron en mi casa y en la iglesia.

No entiendo la metáfora ni nada que sea abstracto, salvo a Dios.

MADRE: Pasé una temporada investigando en la Universidad de Sevilla. Cuando se acabó la beca, mi padre me dijo que no me podía dar dinero porque mis hermanos también querían estudiar. Asumí la Pediatría. Siempre digo que es más difícil atender a un niño que a un adulto. Los adultos pueden describir sus síntomas. Un bebé no habla. Un niño de dos años casi tampoco. A veces los de cuatro no quieren hablar. Tienen miedo de las inyecciones. Eso es lo que piensa un niño que viene a mi consulta: que voy a ponerle una inyección. Algunos me traen dibujos. Llegué a ser jefa de servicio y he puesto en marcha dos centros de salud. El único problema grave que he tenido en mi profesión se lo debo a mi padre. Me suspendieron seis meses por dejarle un librillo de recetas para que pudiera prescribir medicinas. Aunque mi padre solo era practicante, hacía de todo. Cosía, sacaba muelas, atendía partos. Una vez me pararon por la calle y me dijeron: Tu padre ha hecho maravillas en este pueblo. Sentí orgullo. Yo era su favorita. Cuando recordaba el estado en el que llegaba a casa y que todos veíamos su desesperación, todavía se me caen las lágrimas. Siempre le entendí. No sé si se debe a que en ese estado de terror no osábamos odiar. No me permití ser rencorosa, quiero decir, negarme a entender. Este pensamiento no es mío ni habría podido serlo nunca. ¿Es por ello más falso? ¿O más verdadero? ¡Cómo saberlo! Mi padre prometió pagarme el sueldo que perdí durante los seis meses que me suspendieron como pediatra por culpa suya, pero nunca llegó a darme el dinero. Y yo jamás se lo pedí ni se lo reproché, aunque por supuesto no me he olvidado de que no me devolvió nada, como tampoco de que a todos mis hermanos nos daba miedo y de que me obligó a especializarme en Pediatría. No sé para qué me sirven estos recuerdos si ya le he perdonado. ¿Por qué no se olvidan las cosas que se perdonan? Siempre digo: no conocía más vida que la del pueblo, era hijo de un alcohólico y de una loca que se puso un cinturón de castidad, y se había casado con una mujer casi analfabeta y beata a la que le daba asco el sexo.

HIJA: Pero ¿qué autoridad podía haber en un lenguaje que se interponía entre las cosas que nombraba y que, por tanto, creaba? Vuelvo al hombre de la barba:

> *Las palabras también pueden durar.*
> *Conservan el énfasis*
> *con el que fueron dichas,*
> *las horas, los días, los meses*
> *en que se gestaron*
> *como un acta notarial*
> *de alcance terreno nulo,*
> *separadas de lo que pudieron*
> *producir.*
> *Garganta seca ahora en*
> *un rincón oscuro del sueño,*
> *la letra que no suena.*
> *Alguien le ha puesto grasa.*

Mi abuela me hacía sentir como si tuviera otra vez doce años y me hubiera pillado morreándome en la puerta de casa. Nunca hablaba con mi familia de mis parejas, y menos con ella, pero cuando creí en la seguridad de mi relación con el hombre de la barba no se la oculté a mi madre, ni esta a mi abuela. Mi abuela me llamó por teléfono para insultarme. Yo era una zorra que había perdido la virginidad. Gran zorra y gran puta. ¿Por qué no me había casado con Roberto? Me dio risa y rabia, ternura y odio, y no supe hacia dónde avanzar en esa conversación en la que una señora de ochenta y siete años me increpaba con una autoridad tan inapelable que me reducía en edad y estatura. Me echaba en cara una fantasía de ella, pues Roberto era un amigo de mi adolescencia que en la imaginación de mi abuela había ocupado el lugar de futuro esposo. Esta fantasía del todo risible para mí si hubiese sido dicha por otra persona me hizo sentirme como si yo fuera un ser sucio (¡ya no era virgen!) y traidor. Mi abuela hablaba como si yo faltase a unos planes en los que todo el clan familiar había puesto sus mayores esperanzas. Roberto ni siquiera fue un novio. Había sido simplemente un buen amigo. Puesto que su familia era amiga de la mía y tenía un negocio boyante, para mi abuela aquello no podía sino culminar en una boda conmigo. Cuando mi abuela me soltó su fantasía se produjo en mí una especie de retroceso a un tiempo que jamás existió pero del que yo era responsable. «¿Por qué no te casaste con Roberto?» me llevó a sentir como una gran pérdida aquel proyecto que nunca tuve, me condujo durante unos minutos, o tal vez durante todo lo que duró mi culpabilidad, a experimentar el fracaso de no haberme casado con Roberto. Al mismo tiempo que eso sucedía, la idea seguía siendo delirante y cómica. Pero había algo que sin duda yo había hecho fatal, algo que era una pérdida irremediable en mi vida sentimental: ya nunca ningún hombre podría ser Roberto, a quien yo jamás amé.

MADRE: Intenté vincular a mi hija a mi tierra dejándola en casa de mis padres, pero conforme creció me fue pareciendo muy distinta a nosotros, incluso cambió el acento y no habló más como su abuela excepto con su abuela. Ante mí ya pronunciaba el acento extraño, forastero, del lugar al que nunca quise ir pero donde me fue bien. No quise ir, y cuando estuve allí ya no deseé regresar. ¿Así es todo en la vida?

HIJA: Mi padre siempre recuerda el hotel de Lloret de Mar donde había sido director. Tras casarse, mi madre le obligó a dejar aquel trabajo en una huida imposible hacia Extremadura: primero Ibiza, luego Murcia, a continuación Almería y Córdoba, donde nací yo, y más tarde Palos de Moguer, en Huelva. En cada traslado, mi padre se despedía de su trabajo y buscaba otro. Cuando ya parecía que estaban cerca, que el siguiente paso iba a ser Badajoz, la empresa de cementos para la que hacía de representante quebró y entonces le ofrecieron regentar una agencia de viajes en Valencia. Mi padre aceptó. Estaba harto de obedecer a su mujer y de dedicarse a empleos que no le gustaban, que solo eran buenos a ojos de ella. Al principio mi madre no quería irse con él. Después de seis meses de gritos y de una noche en la que mi madre, tras darme una bofetada, se quedó con uno de mis dientes de leche clavado en la palma de la mano, nos mudamos definitivamente a Valencia. Durante el viaje mi madre cantaba canciones en contra y yo la secundaba, porque tenía cuatro años y me parecía divertido.

En Moguer vivíamos en un chalet con piscina. Ignoraba que nos marchábamos de allí para no volver, y eso que mi madre y yo habíamos pasado agosto en una espera tensa, cercadas por la provisionalidad. Mi padre se había ido antes que nosotras y los pasillos se llenaron de cajas que servían para que algún grillo se guareciera en las horas de calor, entre el cartón y la blancura de las paredes vacías. Mi madre, además, me decía diariamente: Puede que la semana que viene ya no estemos aquí, así que la ciudad desconocida se convirtió en un hogar mucho antes de ser habitada. Yo creía que nos llevaríamos nuestro chalet en la mudanza, como si fuera posible desplegar antiguas casas en las nuevas habitaciones. Por la noche mi madre preparaba unos sándwiches en la desmantelada cocina y los colocaba sobre una bandeja al borde del agua, que estaba mucho más caliente que las baldosas de barro. Sujetas a la barandilla, después de habernos zambullido, nos los comíamos y nos tendíamos en el suelo. Desde allí escuchábamos pasar los automóviles por la carretera y jugábamos a adivinar si aquellos breves pero feroces zumbidos que se precipitaban sobre la tapia del patio pertenecían a un coche, a un camión, a una moto. Aquel fue el único agosto que no me dejaron con mi abuela.

MADRE: Mi hija siempre me preguntaba por qué había elegido a su padre para casarme si éramos tan distintos y yo me quejaba de él. Le respondí muchas veces que lo elegí por ser un hombre bueno. Ese era otro mandato que yo había heredado. Mis padres no habían sabido tratarse bien y habían sufrido por ello; por tanto, yo debía repararles. Además, la mayor parte de los hombres con los que me relacionaba, médicos como yo, eran unos engreídos.

ABUELA: Nos lo quitaron todo. Primero las fincas. Acabaron con nuestro ganado. Se lo comieron. Las tierras estuvieron esos tres años sin una sola simiente. El huerto lo destrozaron. Eso nos lo contaba la gente del pueblo. Mi hermana decía que hablaban para hacernos sufrir. Que muchos habían estado deseando vernos remendar nuestros vestidos. Vaciaron nuestra casa. Las mesas, las sillas, los aparadores. Hasta nueve camas se llevaron. Luego nos arrebataron la casa. A mis hermanos mayores los acusaron nuestros jornaleros. Encontramos cobijo donde mi tío. Mi madre durmió durante dos años en un jergón en el suelo, con mis hermanos pequeños, y yo en una cama con una prima que se había quedado viuda. Pasamos hambre. Mi padre estaba preso en Jaén. No vino con nosotros al salir de la cárcel. Tuvo que esconderse hasta que se terminó la guerra. Después pudimos volver a nuestra casa y mi padre recobró sus fincas, pero durante algunos años apenas hubo vestidos nuevos y el calzado nos duraba hasta que asomaban los dedos a través del cuero y nos salían sabañones. Mi padre ya no le trajo a mi madre más telas chinas de Barcelona, adonde iba a vender ganado, para que se hiciera vestidos. Viajaba todo el tiempo. En la guerra no le habíamos visto y después de la guerra empezó otra vez a viajar. Tenía tanto genio que todo temblaba a su alrededor. El tiempo pasaba rápido y lento. Yo me prometí y me casé. Cuando mi primera hija tenía un año, a mi madre le dio un ataque cerebral. Le pusieron hielo en la cabeza. La sangraron; recuerdo las palanganas, y que me parecía que le estaban haciendo lo mismo que a los cochinos. No sirvió de nada. Siempre estuvo gorda y tenía cincuenta y seis años.

MADRE: Mi madre y mi pobre hermano con síndrome de Down eran los únicos que no se dolían con el comportamiento de mi padre. Mi madre sí lloraba, pero al mismo tiempo parecía una piedra. Lloraba solo por la tensión del momento y enseguida se le olvidaba. Seguía riéndose porque todo le resultaba divertido, especialmente las bromas de mi hermana. Para mi madre todo estaba bien mientras se hiciera lo que había que hacer. Aguantar a un marido con el que no cruzaba ni una palabra estaba dentro de lo que había que hacer. Formaba parte de su obligación como esposa. ¿O es que tenía el corazón duro? ¿Acaso no acababa de entender lo que veía? ¿Nuestros buenos eran sus malos y sus buenos nuestros malos? Ella era simple. La persona más simple que jamás he conocido. Eso la salvaba. Nos dejaba ir a bailar al casino. Mientras que no se le pusiera delante una prueba de impureza, no imaginaba que pudiéramos irnos del baile a besarnos con los chicos detrás de la iglesia. Hacíamos lo que nos daba la gana gracias a su falta de imaginación. Éramos igual que mi padre, que también hacía lo que le daba la gana. Todos habíamos salido a él, excepto mi hermano tonto. Faltaba ver de qué manera íbamos a espantar a nuestras familias cuando las tuviéramos. No sería haciendo lo mismo, porque nos habría horrorizado darnos cuenta de hasta qué punto éramos iguales que nuestro padre, cómo se había cumplido en nosotros lo que más detestábamos y lo que habíamos prometido que jamás haríamos. Pero ya estamos otra vez con lo que yo no habría dicho. Yo nunca habría hablado de la repetición. Las palabras que uso aquí me son ajenas, no me explican, solo obedecen a un interés que no es el mío. Empiezo a imaginar quién está detrás de todo esto.

ABUELA: Creéis que no me he dolido por nada y lo que pasa es que desconocéis a Dios. Si estáis con Dios, todo lo abrazáis. Se me partía el alma al veros llorar, pero luego había que seguir, y si estáis con Dios no debéis temer nada. Yo no temía nada salvo las habladurías del pueblo, porque en la tierra se es bueno o malo según esas habladurías. Si hablaban mal, empezabas a sentirte mal. Pero si nadie decía nada, una estaba bien por dentro. No hay nada dentro que no haya empezado fuera. Las habladurías del pueblo eran como el juicio de Dios. Dios está más allá de este mundo y somos nosotros los que avanzamos hacia él en una línea que es la de la vida y que trascenderemos con la muerte. No creía que lo de vuestro padre perduraría en vuestra memoria porque siempre he ido hacia Dios y esperaba que vosotros hicierais lo mismo. Esto último no lo pensaba; estaba en mi manera de actuar, en mi falta de preocupación. Y además erais niños. Los niños no se enteraban de nada. Eso es lo que se pensaba antes: que nada les dañaba por su falta de entendimiento. Como si tuvieran una venda en los ojos que se caía al llegar a la pubertad. Por eso cuando se convertían en adolescentes empezaban mi disgusto y mi sospecha. Mis hijos ya no me gustaban tanto, aunque los quería igual. Pero ya no estaban protegidos por la pureza y había que hacerles culpables por ello. Era mi deber. A mí me llevaron a un ama de cría. Viví separada de mi madre hasta que me dejaron de dar el pecho. Eso fue a los dos años. No recuerdo casi nada excepto el jolgorio con mis hermanos y mi madre. Nos reíamos todo el tiempo. Mi madre siempre hacía bromas. Mi padre bebía pero no se emborrachaba. A veces estaba durante largas temporadas de mal humor porque no ganaba todo lo que quería con el ganado. Vendía a mataderos del norte cerdos ibéricos que comían la bellota de estos campos. El viaje hasta el norte era largo; como hiciese más calor de la cuenta, los animales morían deshidratados. Mi padre viajaba con los guarros, y cada vez que el tren se detenía, iba a asegurarse de que los animales tuvieran agua y de que no hubiese ninguno aplastado. Siempre se quejaba de no haber nacido en el País Vasco, donde llovía los doce meses del año y podría haberse dedicado a las vacas. Yo me imaginaba el País Vasco como El Feriar, que está más alto que nuestro valle; allí hacía más frío y llovía hasta junio. Cuando era niña, antes de la guerra, nos trasladábamos a El Feriar la mitad del año, a Consolación, un cortijo que mi padre alquilaba. Los pastores llevaban a pie el ganado, y los cerdos y las ovejas se movían a sus anchas por la dehesa. Mis hermanos y yo jugábamos en las ruinas del castillo. Allí se nos vigilaba menos. Íbamos a la escuela con nuestros braseros de picón. Solo había una clase, y la maestra nos enseñaba lo mismo a mis hermanos mayores y a mí. Mis hermanos mayores trabajaban todas las tardes en el campo con mi padre. Mi madre no hacía nada salvo vigilar que nos comiéramos el pan duro. Teníamos criadas que limpiaban y cocinaban mientras mi madre se pasaba las horas sentada o hablando con ellas, también sentada. No le gustaba moverse. Pesaba cien kilos y todo el tiempo inventaba chistes. Era mordaz. Decía que se nos iban a caer los dientes por culpa del pan duro y que a mi padre le saldría caro el ahorro. Mi padre nos hacía comer pan duro pero nos ponía dientes de oro cuando alguno se nos caía. Mi padre, que era uno de los señoritos de la comarca, nos educaba para la pobreza. Casi nunca teníamos ropa nueva y jamás nos compraba un juguete. Si rompíamos un somier, dormíamos durante meses en el suelo. Mi padre pensaba que así nunca nos acostumbraríamos a la buena vida y que trabajaríamos sin descanso. Trabajar sin descanso era la única forma de ser digno para mi padre. Si por él hubiera sido, mi madre no habría tenido criadas; sin embargo, si mi madre no hubiese tenido criadas, le habrían perdido el respeto en el pueblo. Yo pienso que con mi madre, y sin criadas, habríamos reído sin tregua, todos sentados junto a ella frente a la ventana, con la habitación a oscuras para que no nos vieran los de fuera, los que pasaban por delante de nuestra casa, sobre los que mi madre hacía chanzas. Eran las criadas las que ponían orden en nuestro hogar porque mi padre lo mandaba. Eran ellas las que vigilaban nuestras horas de estudio, nuestros rezos, nuestro aseo. Las que nos llevaban a misa, las que nos pellizcaban los brazos si decíamos palabras malas, las que nos hacían llorar contándonos que ahí estaba el hombre que iba a raptarnos como no nos acabáramos el plato, un hombre siempre a punto de entrar por la puerta, con tres ojos, cuyos pasos podíamos oír ya en el zaguán. No podíamos quitarnos los zapatos ni jugar en el suelo ni hablar demasiado delante de las criadas. Todo el tiempo debíamos ofrecer un aspecto de oración. En cambio, con mi madre íbamos descalzos para sentir el frescor de las baldosas; la habitación desde la que mi madre espiaba la calle olía a agua de rosas y a perruna, ella sostenía a mi hermano pequeño en el regazo y los demás nos sentábamos en los brazos del sillón, o nos arrodillábamos, la cabeza sobre sus piernas, y de vez en cuando posaba sus dedos en nuestros cabellos y era una fiesta. Nunca nos tocábamos porque no sabíamos acercar con dulzura nuestra mano al rostro amado. Nuestros acercamientos eran sin querer, como si no los hiciéramos nosotros. Jamás significaban lo que significaban. Pero ¿qué sabe la que me pone las palabras sobre lo que era para nosotros el cariño?

Ven que te recoja ese pelo, me decía mi madre, y yo sentía su mano áspera recorriéndome la nuca, y luego deseaba largo rato, sentada junto a ella, que me recogiera el pelo de nuevo. Se me había quedado una vibración agradable en el cogote. Yo movía entonces la cabeza hasta rozar su brazo. O me despeinaba para que volviera a ponerme bien las horquillas. A veces iba a mi hermana y le decía: Se te va a desabrochar ese botón. Se lo decía solo por posar mis yemas sobre su pecho y sentir la levedad de su respiración, como un pájaro, y su aliento en mi cara. Las manos de mi madre eran ásperas por pura rigidez. Por no saber tocar. Las mías son ásperas de tanto lavar ropa y también por no saber tocar. Cuando ya no puedo más, cuando mis piernas se tambalean ahora que ya no tengo criadas en esta casa igual de grande que cuando las tenía y no dábamos abasto, me siento junto a la ventana en la oscuridad para que no me vean los de fuera y murmullo cosas sobre ellos, las bromas que mi madre haría, con su misma gracia y su mismo desprecio.

HIJA: ¿Se trasmite algo hacia arriba? ¿Tuvieron mi abuela y mi madre algo de mí?

MADRE: Siempre vuelvo a ese recuerdo de cuando me caí redonda durante una operación de ojo que un profesor de la facultad le practicaba a un muerto. No lo viví traumáticamente, pues no deseaba dedicarme a la cirugía ocular. Ni siquiera sentí vergüenza cuando me desperté sobre un banco con las piernas hacia arriba. ¿Me habrían visto la ropa interior los compañeros? Antes siempre pensábamos en esas cosas, y creo que ahora también, aunque de otra forma que quizá sea solo hipocresía.

HIJA:

> *Pongamos aquí esto*
> *caigamos en la tentación de la observancia*
> *si en la balda de arriba se pudre*
> > *algún tomate*
> *señalaremos el moho*
> *la piel reblandecida*
> *por años de hartura*
> *escarbando al sol*
> *el mismo aluminio de la nevera*
> *donde dejo la pulpa secarse*
> *alcanzar colores granates y a veces negros*
> *en la operación acerco la nariz;*
> *hay un rictus de vacío,*
> *el silencio me rodea*
> *la casa está sola*
> *no estoy segura de mis conclusiones.*

MADRE: No podía explicarme por qué era tan difícil que nos comunicáramos. Pero repito que no son estas mis palabras ni mi voz. Yo jamás habría dicho que en nuestra casa faltaba comunicación. Una vez estuve leyendo libros sobre inteligencia emocional. Nunca llegué a convencerme de que los problemas psicológicos tuvieran solución. Mientras leía, a veces me angustiaba. Me identificaba con lo que el autor contaba, pero cuando dejaba de leer se apoderaba de mí un simple ir hacia delante. Las cosas se solucionan solas o no se solucionan, eso es lo que he visto siempre en mi casa. Mis hermanos se orinaban en la cama hasta que dejaron de hacerlo. ¿Acaso los cambios solo dependen del tiempo? Pero no quiero desviarme. Digo: yo jamás habría dicho que en mi casa no existía la comunicación. Mi madre parloteaba incesantemente y había en nosotros esta cadena: yo buscaba la atención de mi padre y mi madre, mi hermana la de mi madre y la mía, mis hermanos la de mi hermana y, a través de ella, la de todos. Lo que obteníamos siempre nos dejaba insatisfechos. Solo el pequeño, el que nació con síndrome de Down, nos tenía encima sin pedirlo. Mi hermana y yo éramos capaces de cotorrear, de generar torbellinos de cosas, y el tiempo iba hacia delante, mientras que mi hermano tercero se quedaba callado y hacia dentro, y el cuarto solo hablaba con sus amigos. Mi hermano Down, con su torpe lenguaje, se aferraba a unas pocas palabras y no le importaba. Insisto en que yo jamás habría dicho que no nos comunicábamos, si bien mi padre se pasaba las horas en silencio o musitaba algo que pretendía ser amable y que sonaba como un golpe en nuestras orejas. El teléfono le ponía nervioso. Lo agarraba con las dos manos, a veces con una sola mientras la otra la metía en el bolsillo trasero del pantalón, como si temiera dejarla suelta. Se le hinchaba ligeramente el cuello, sus mejillas se cubrían de rubor. Exigía no solo que hubiera silencio total, sino que ninguna persona de la casa se moviese, así que mi madre tenía que avisar a las criadas, que quizás estaban en la cámara o en el corral, para que permanecieran absolutamente quietas, y si por la calle pasaba un coche o un carro en el momento en el que mi padre soltaba las tres o cuatro palabras cruciales y banales de la conferencia, daba un puñetazo en la mesa y nos miraba como si fuéramos nosotros los culpables del pitido del claxon. Cada vez que quería decirnos algo que no podía ser expresado a gritos, caminaba largamente a nuestro alrededor fingiendo algún quehacer en la estancia en la que nos encontrábamos, hasta que con brusquedad se plantaba ante alguno de nosotros y decía atropelladamente lo que había mascado a solas, por lo general una frase minúscula e imperativa que vibraba en todo su cuerpo.

HIJA: La verosimilitud nunca me había importado. Me parecía incluso que había que romper con esa convención absurda de que un niño hablara como un niño, por ejemplo. ¿Acaso no sabemos que todo es una ficción? ¿Por qué empeñarse en que no lo parezca? Me hacía todas estas preguntas porque las dudas me asaltaban a cada rato, lo que desembocaba en que, a pesar de que no veía la necesidad de idear un mecanismo que alertase de que no aspiraba a la verosimilitud, acabara ideándolo.

Un día le conté al hombre de la barba que mi padre regentaba una agencia de viajes y que yo siempre le recordaba en su oficina, con sus interminables conversaciones con clientes, los ojos entrecerrados para facilitar algún cálculo mental y el cigarro entre los dientes. Yo iba y venía jugando a patinaje por el suelo resbaladizo y tenía que darme prisa en pedirle las cien pesetas para la merienda, pues junto a su despacho ya acechaba otro cliente. Le dije al hombre de la barba que mi padre se encargaba de los viajes para jubilados, y que por eso íbamos gratis a los hoteles, porque los dueños le invitaban como agradecimiento por procurarles clientes o para que conociera un nuevo hotel al que llevarlos. No eran lujosos ni mucho menos, los viajes para los abuelos costaban baratos, pero tampoco estaban mal. El hombre de la barba me preguntó si mi padre siempre había trabajado en esa agencia, y yo le respondí que no, que había tenido muchos empleos hasta llegar allí, de todo tipo, aunque de joven siempre se hizo la temporada de los hoteles en la Costa Brava e incluso había dirigido uno: por eso conocía bien el mundo del turismo. Mi madre era funcionaria y habíamos ido de ciudad en ciudad, y a lo mejor a mí me gustaba estar siempre de un lado para otro porque durante años esa habíamos sido mi rutina familiar: los traslados continuos y luego los viajes continuos mientras mi padre capitaneó la agencia. Cada viernes nos íbamos, a veces lejos, y eso duró una década, hasta que le despidieron. Pasábamos más tiempo en la carretera que en los lugares que visitábamos. Y nunca estábamos dos noches seguidas en el mismo hotel. Incluso las visitas a todos aquellos sitios eran siempre breves: comíamos, dábamos una vuelta, mirábamos una plaza, llegábamos a un río o a unas cuantas calles solitarias y otra vez al coche. Mis padres nunca se ponían de acuerdo sobre qué visitar; lo único que les atraía a los dos era el movimiento incesante. Yo siempre había pensado que la sensación de ir hacia alguna parte resolvía algo que, cuando niña, se me escapaba, pero cuyo relieve permanecía en mi memoria. Tras la muerte de mi madre, mi padre y yo habíamos vuelto a hacer excursiones con el coche bajo cualquier pretexto. ¿Quizá la buscábamos? En esas excursiones imaginaba a mi madre como una sombra siempre a punto de salirnos al paso en alguna cuneta. Disfrutaba de aquella manera de viajar; de chiquilla lo que más me gustaba era la infinidad de formas de vida desconocidas y al mismo tiempo imaginadas por mí durante los breves segundos en que se perfilaban por la ventanilla. Tal vez aún seguía sumergida en mi infancia, en aquel coche. Me vi de nuevo habitando el tembloroso fulgor de alguna luz nocturna que enseguida quedaba atrás, como una luciérnaga frágil que alguien había arrojado con furia y que titilaba unos segundos antes de apagarse. Vi las quebradas secas del interior de Levante, la solitaria quietud de las casetas de aperos de la meseta, los racimos de chalés desperdigados por montañas de colores calizos, en cuyas habitaciones entrarían el frescor de la noche y saltamontes diminutos; también vi la procesionaria, su avance imperceptible, que desde los pinos amenazaba con echar su veneno sobre los ojos y las cabezas de las niñas para dejarnos ciegas y calvas. No le conté nada de eso al hombre de la barba, pues ¿cuántas cosas se pueden compartir de verdad? ¿De qué manera podía explicarle que a menudo yo «veía» todo aquello sobrepuesto al presente, si ni siquiera esa palabra, «ver», era precisa, pues venía todo junto, no solo como imagen, sino en forma de sensación y de sentimiento, y conformando un lugar donde las cosas se contenían las unas a las otras? ¿Cómo decirle que aún sentía ese miedo que me daban las ciudades al atardecer, un miedo procedente de esa misma época infantil, del asiento trasero de aquel coche desde donde, y sin que supiera por qué, me imaginaba perdida en una ciudad sobre la que caía la noche? Una pérdida hasta sus últimas consecuencias. No solo yo me evaporaría, sino que quienes me conocían me darían por desaparecida de una manera irremediable y definitiva, sin que cupiera la posibilidad de avisar, de decir ante la mirada atenta y compasiva de un policía: Por favor, llamen a mis familiares, estoy viva. En el momento en que me encontrara en el corazón de esas calles, estas se tornarían laberínticas y no habría forma de retomar el hilo no solo del espacio, sino también del tiempo en el que yo existía. Ese miedo, un miedo primordial, había dormido durante todos los años de mi infancia en algún lugar del coche, muy cerca de mis piernas, y las acariciaba cuando la tarde comenzaba a borrar sus contornos. Guardo un recuerdo vivo de cómo todo se adensaba, quizá porque este miedo mío se mezclaba con el de mi madre, que también acudía al final del día junto con la exasperación. Lo que había sido revelador y placentero se convertía en algo viscoso, oscuro. Me quedaba callada y quieta, pues si protestaba, una fuerza que no podría detener me expulsaría del mundo. Tenía que aguantarme con mi miedo hasta el día siguiente, cuando el aire entraba de nuevo radiante por la ventana junto a la alegría y la despreocupación, y todo se ponía otra vez en marcha.

ABUELA: Quesos. A eso nos dedicábamos mi hermana y yo cuando mi padre exigía que hiciésemos algo en El Feriar. Colábamos la leche; el olor a oveja inundaba las estancias, era tan fuerte que durante los días siguientes se me quedaba en la nariz por más que los cuartos y la cocina se hubieran ventilado y de que los quesos reposaran ya en la cámara. Le echábamos cuajo. Cuando le habíamos quitado el suero venía lo que más me gustaba: meter la cuajada en los cinchos. No me gustaba por mí, sino por el movimiento de mi hermana y mío en la cocina apretando el queso con las manos, las dos a la vez; eso me hacía carcajearme, y a mi hermana, pero es que además daba la impresión de que estábamos haciendo algo muy importante. Mientras los quesos se curaban, yo subía a menudo a la cámara a verlos y sentía que algo pasaba allí, y también añoranza de cuando estábamos en la cocina, pero no era esa añoranza lo que me hacía volver a mirar los quesos tapados, sino el misterio que encerraban, lo que lentamente se transformaba ahí dentro, que habría de afectarnos a todos. Eran como corazones latiendo en silencio. Su quietud me reconcomía. Lo que estaría más cerca de mi lenguaje sería decir a secas: Hacíamos queso, qué risión. O bien: Qué rico estaba ese queso. Lo comíamos con carne de membrillo. No me gusta cocinar. Lo único que me ha gustado preparar en toda mi vida ha sido esos quesos de cuando nos íbamos a El Feriar, donde se curaban mejor porque había humedad. Con la guerra dejamos de ir. Al principio la guerra era como una broma. Antes de que a mi padre le metieran preso y se llevaran todo lo de nuestra casa y pasara lo de mis hermanos. Nací en el 22. En el 36 tenía catorce años y me gustaba ver pasar a los soldados, que nos decían piropos a mi hermana y a mí cuando íbamos a por agua al pilón. Mi hermana ya pensaba en meterse a monja, pero eso no le quitaba el gusto de ser piropeada. Hubo un mes en el que no pasó gran cosa en nuestro pueblo. A muchos de los soldados los conocíamos, eran muchachos de por aquí. Empezaron a reclutar a partir de los dieciocho. Mis dos hermanos mayores estaban en El Feriar. Se habían quedado a cargo de la finca. Para cuando mi padre quiso que regresaran ya no era seguro el camino porque había emboscadas, las carreteras eran peligrosas, las localidades amanecían en manos de un bando y por la noche ya eran del otro.

MADRE: Su audífono pitaba y la gente murmuraba: Por ahí viene Bartolomé Grande. Todos oían los pitidos de su aparato menos él. Era el padre de mi madre. De él aprendí el valor, aunque yo no fui tan valerosa. Tan solo reconocía que mi empuje, cuando afloraba, venía del suyo. He tenido miedo la mayor parte del tiempo. A veces he sabido lo que es el poder: lo contrario del miedo. En ocasiones mi miedo se ha esfumado con la gracilidad con la que una ráfaga de aire se lleva el esbozo de una nube. ¿Hay otra manera de espantar el miedo distinta a no oponerse a él? En esos instantes de omnipotencia, una omnipotencia que podía sentir por todo el cuerpo, aunque especialmente en los brazos, como si el mero hecho de extenderlos supusiera una conquista fácil y gloriosa, digo: cuando sentía este valor siempre pensaba en él. Mi abuelo no se asombraba de que, al doblar la calle, todo el mundo le estuviera aguardando. Se había acostumbrado a ser esperado y a que se le abrieran las puertas. No debía de recordar lo que era sorprender a alguien. A veces pienso que su audífono fue la manera de seguir siendo considerado como antaño, cuando era un señorito. En las últimas tres décadas de su vida su casa se quedó vieja, con los muebles llenos de carcoma y todo oliendo a la cuadra donde ya solo había un mulo. Su váter era aún un agujero donde la mierda caía a un corral de gallinas. Pero antes los visillos de los vecinos se movían con discreción a su paso y nadie se atrevía a no saludarle. Había quienes, con cualquier excusa, salían cuando él aparecía en la plaza. Le iban detrás solo para mirarle. No había revistas del corazón ni televisores, así que se acudía a ver a las grandes estrellas en vivo y en directo. Cuán grande parecía esa pequeñez. Los pobres eran tan pobres que consideraban ricos a cualquiera que tuviese algo. Esto lo he visto varias veces a lo largo de mi vida, que los muy ricos y los muy pobres solo se asemejan en que han perdido la medida. Cuando empecé a trabajar como pediatra, visitaba a familias gitanas que vivían en casas provisionales con techos de chapa. Durante el verano, los techos se calentaban tanto que toda la familia tenía que salir y buscar la sombra de algún árbol o de algún puente para pasar el día. Estoy hablando de Sevilla en agosto. Yo iba con un maletín en el que llevaba un termómetro, un fonendo, un tensiómetro y bajalenguas de madera. Las madres gitanas suponían cosas fantásticas sobre mí, por ejemplo que vivía en un palacio y podía comprarme los coches que quisiera. Como si una vez que empezases a tener, eso te permitiera poseerlo todo. Tener o no tener era para ellas una suerte de cualidad, o de don. Y un don es tuyo, no puedes perderlo. La falta de dinero es similar al hambre. Cuando hay comida, un hambriento engulle sin freno hasta ponerse enfermo. Después de la guerra todo el mundo engordó. Muchos reventaban. Les daba lo que entonces se llamaba una congestión. El cuerpo no podía más. Resultaba imposible convencer a la gente de que la gordura no era saludable. Mi padre, que como ya he dicho había estudiado media carrera de Medicina, trataba de explicárselo, pero la voz del especialista no podía hacer nada ante una creencia tan furibunda, gestada en la carencia y el dolor. Durante años, tener buena salud fue sinónimo de haber perdido la medida. Yo creo en las medidas. También creo en lo relativo. No son incompatibles. Este lenguaje vuelve a estar demasiado alejado del mío. El caso es que lo relativo hacía que la gente saliera de sus casas para contemplar a mi abuelo, como si estuvieran ante un rey, cuando en verdad su fortuna solo lo era porque los demás no tenían nada. No se trataba de una verdadera fortuna, ni mi abuelo era un gran terrateniente. Cuando repartió sus cortijos entre sus vástagos, el esplendor se deshizo.

HIJA: Ahí va otro poema malo:

> *Cuando te marchaste supe*
> *que tenía que comerme*
> *lo que había quedado de ti:*
> *uñas*
> *un cigarro a medio fumar en el cenicero*
> *pedazos de tu barba en los rincones del baño*
> *un deseo mortecino bajo el sofá*
> *y esperanzas reconcentradas*
> *en piedras azules*
> *que de noche brillaban*
> *y que tuve que acuchillar con mis propias manos*
> *para tenderlas luego al aire*
> *como inmensas gallinas muertas*
> *esperando su exacto punto de cocción.*

Otra vez sobre el hombre de la barba. Jamás escribo poemas. Por eso me extrañó que solo pudiera agarrar mi cuaderno negro y ponerme a vomitar lo que llamo poemas por ponerle algún nombre. Sin duda resulta complaciente.

MADRE: Mi hermano tercero iba siempre detrás de mi hermana. Le recogía los pájaros que ella mataba con el tirachinas o le ayudaba a llenar calderos de tierra. La obsesión de mi hermano era que mi hermana se diese cuenta de todo lo que él hacía por ella, y también que le ordenara más tareas. ¡Ya está!, repetía. Mi hermana le ignoraba, y solo cuando él se ponía pesado le encargaba llenar otro caldero de tierra para que se callara. Mi hermana no hacía nada con aquella tierra volcada en mitad del patio ante la que mi hermano se quedaba aguardando las gracias o algún otro reconocimiento. Era en verdad penosa la situación de mi hermano junto a la tierra que nadie iba a usar para hacer un castillo o unas tartas de barro, esa tierra sacada de los arriates por la que mi madre le gritaría en cuanto saliera al patio. Parecía que mi hermana le había encargado la tarea de traer tierra no para que se callara, sino para humillarle.

ABUELA: Aunque temiera a las criadas, yo hablaba incesantemente con ellas. Eran conversaciones de este estilo: Mi prima Pastora ha matado cinco guarros y ahora no le cabe la matanza en la cámara, Al hijo de la Josefina lo han llevado al seminario, Ayer me trajeron nata, El Cosario me consiguió tres kilos de azúcar, El mediano de la Rosa tiene tuberculosis, ¿no murió de lo mismo el otro hermano? Sí, y quemaron los jergones y le echaron lejía a la habitación, pero se acabó contagiando igual.

HIJA: Vomitar: ese es el verbo que se utiliza para referirse a lo que se escribe en un estado emocional que no es el más adecuado para la literatura. Hay que guardarse del vómito. Si me digo que lo que estoy escribiendo es un poema, la forma me impone un límite. Mis poemas-vómito son, junto con las habitaciones en penumbra de la casa, el origen de lo que escribo ahora, la raíz de las voces de mi madre y de mi abuela. Están en mí, son yo, puesto que ellas me hicieron. Y además están muertas. Sus vidas pueden confundirse con la mía. Eso pensé al principio. Pero luego me pasó algo raro mientras escribía: tenía todo el tiempo la impresión de que los fantasmas no están solo dentro de una, sino también fuera. De que persisten en el mundo.

> *Por todas partes hallo*
> *señales tuyas*
> *son indicios luminosos que de noche*
> *se tornan ojos brillando en la oscuridad*
> *o ciervos que salen al paso en la carretera*
> *tras un berrido en la cuneta*
> *escondidos entre los árboles*
> *(carne) muertos avanzando entre las hojas*
> *procesionarias silenciosas*
> *ulular de tu aliento frío*
> *noche de agonía.*

Este es el segundo poema que le escribí al hombre de la barba. Sé que es malo, no voy a insistir más en ello. El poema empieza con él y termina con la muerte de una relación, no de una persona, pero mientras lo escribía fue la muerte de mi madre la que atravesó mi cabeza, el día y medio que se pasó agonizando, el hilo de su respiración, tan frágil e incansable.

Mi madre ingresó en el hospital por la tarde y a petición propia, sabiendo que no volvería a casa, entregada al ritual de quitarse y ponerse unos guantes blancos porque la quimioterapia le había crispado el tacto. No podía tocar nada sin sentir dolor. Un pequeño roce con la colcha era como restregar con un estropajo metálico el nervio en carne viva de una muela. Al final, conforme su cerebro se fue apagando por efecto de la inyección que habría de poner fin a su vida, solo quedó ese gesto del guante, desvinculado de todo, incluso del dolor; ese gesto que mi madre había repetido en los últimos meses y que se había convertido en algo fundamental: ponerse y quitarse unos guantes blancos de hilo. Parecía un mago a punto de meter la mano en una chistera. Cuando tenía los guantes puestos, pedía ponérselos, así que había que quitárselos para que ella se los colocara de nuevo. Eso la calmaba. Quizá ya no reconocía más que aquel deslizarse de la tela por sus dedos y sus palmas. Puede que se tratara de la única manifestación del miedo de la que era capaz. Mi madre era una persona miedosa, y con los guantes se sentía protegida.

El hombre de la barba irrumpió en mi vida sin apenas conocernos. Dejó a su mujer y buscó sin demasiado convencimiento una habitación en la que no pensaba estar más de un mes, hasta que encontrara, me dijo, un piso barato donde pudiera llevarse a sus hijas los fines de semana. Pero no se mudó a ningún piso. Se quedó en mi casa e iniciamos ese tipo de relación destinada al fracaso por ver cada uno en el otro solo sus propios deseos. Fue un noviazgo donde la muerte estuvo presente todo el tiempo, quizá porque yo sabía que mi madre se apagaba y esa experiencia me condujo a trazar metáforas de situación.

Antes de dejarme, me llevó a San Andrés de Teixido, adonde cuenta la leyenda que van los muertos que no han hecho la peregrinación de vivos. Pasamos por un bosque petrificado. Estaba nublado, la niebla acechaba a ratos y, conforme avanzábamos por carreteras secundarias, el silencio fue devorándonos y era semejante a las piedras de aquel paisaje: exigía toda nuestra atención, toda nuestra inteligencia, toda nuestra fuerza. No estábamos incómodos, sino sobrecogidos. Al llegar a la aldea, la mirada de las vacas que pastaban junto a los acantilados nos pareció humana, y también la de los perros que mecían el rabo a nuestro paso, acostumbrados al peregrinaje; el hombre de la barba era gallego y me contaba, o tal vez confundía, las leyendas: los muertos que iban hasta allí, dijo, lo hacían en forma de animales, y la Santa Compaña arrastraba hasta la ermita a las almas en pena reclutadas en las parroquias. En la ermita, la iconografía del retablo resultaba extraña, un delirio; los santos eran demasiado pequeños, cual gnomos de jardín. Las caras de los ángeles a los pies de las hornacinas lucían diabólicas. Había asimismo algunos mártires cuyas posturas escorzadas hacían pensar en muñecos torturados. De la pared de la ermita colgaba un ataúd para niños, y a un lado del altar florecían las piernas y los brazos de cera, lúgubres, traídos hasta allí por los enfermos o sus familiares. El hombre de la barba y yo no éramos creyentes ni ateos. Tomamos asiento en los bancos; la tierra tiró de nosotros hacia abajo, como si el santuario fuera a hundirse entre los acantilados. No había misterio en aquella energía, según me explicó. Por debajo de la ermita pasaba un manantial que ejercía fuerza hacia lo profundo. Llegamos al cementerio, hermoso y viejo. Fingimos estar muertos mientras caminábamos por él y nos retratábamos como si hubiéramos escapado de una fosa. Luego tomamos un camino que bordeaba los acantilados, hasta que el frío y la mirada de las vacas inquietaron al hombre de la barba. Ya no solo le parecían humanas esas miradas, sino que incluso tenía la impresión de que podía ser su padre quien le observase en aquellos ojos bovinos, quietos; su padre fallecido cuando él tenía once años, que se había quedado de alma en pena junto al monte. Se dio media vuelta; nuestros pies estaban ya húmedos. En silencio y despacio, como si anduviéramos tras el paso de alguna procesión, regresamos al pueblo. Nos metimos en un bar; algo sombrío se cernía sobre el hombre de la barba, se había convertido en una criatura de la noche. Abrigo negro, barba negra, botas manchadas de barro, el bar casi a oscuras porque a la dueña le bastaba con la luz que entraba por una ventana mínima desde la que se veía la inmensidad atlántica. ¿Qué sientes cuando te pones frente al océano? ¿Vienes de allí o vas? El hombre de la barba me dijo que sentía que venía, mientras que yo le dije que iba hacia esa línea difusa y abisal. Ir y venir era consolador. Ir a la muerte. Venir de la muerte. No es casual que los poemas me llevaran a mi madre agonizando, a su voz y a la de mi abuela, para hablar del fin de mi vida junto a él. Este es el primero:

Todas las mujeres de mi
        familia
han venido para llamarte mentiroso.

Madre, abuela
enigmáticas tallas en fotos antiguas.
Hoy soy una niña
a la que han plantado
en contra de la voluntad de las palabras.
Cuánta mentira, dice mi abuela.
El coro asiente
no se atreve a hablar porque nosotras
                                    desconfiamos del lenguaje.
Hablar en nombre de ese de la barba.
Madre, abuela, sombras alargadas
quieren que me quede quieta aspirando
los miasmas de la alfombra sin estrenar
pero cuando mi abuela repite: cuánta
                        mentira
son también palabras
y se completa un círculo que hoy
                        no queremos.

ABUELA: Los días de invierno eran más oscuros que ahora. Llovía casi a diario, y cuando no llovía caían heladas y el agua se congelaba en las cañerías. Metía las flores en el salón antes de acostarme para que no amanecieran muertas, y las sacaba todavía en camisón.

Nuestras casas no estaban hechas para el frío, sino para el calor de las siestas estivales y para que no se pudrieran los alimentos, ni siquiera los que estaban en la cámara. La nuestra nos la regaló mi padre tras casarnos, creo que ya lo he dicho. También le quiso pagar a mi marido lo que le faltaba de carrera. Pero mi esposo no quiso deberle nada a mi padre. Se quedó en practicante. A mi padre le habría gustado que mi marido se hubiese licenciado en Medicina. Iba a ser más y se quedó en menos, aunque para mí lo mismo era una cosa o la otra. Mis días habrían transcurrido igual, un calcado orden de cosas, el idéntico vuelo de una mosca alrededor de un hule el 16 de julio de 1961 a las tres y veinte de la tarde. No sé por qué se casó conmigo. Supongo que porque yo era la hija del señorito. ¿Por qué me casé yo con él? Si los problemas nos los manda Dios por algo, ya son una solución. Pero digo que no sé por qué me casé con mi marido. Era guapo e iba a ser médico. Ya está. No hacía falta más, aunque se supiera que sí de esa forma que era como no saber. Yo intuía que hacía falta algo más por la angustia. Tenía la impresión de meter la pierna en una charca de agua turbia llena de larvas y verdín. Solo durante las mañanas, cuando me levantaba con la casa en silencio y el patio azul porque reflejaba un cielo que ya clareaba, la paz era perfecta. Se podía nadar con las larvas y el verdín. Luego esa charca sucia pero acogedora se convertía en lodo. Se avanzaba en ella con gran esfuerzo. Sigo afirmando que esto era la solución. Aunque parezca que no. Dios sabe por qué manda una ceguera.

MADRE: No puedo decir de dónde viene mi vocación. Ni siquiera la llamo así la mayor parte del tiempo, porque es mentira. No era una vocación. No sé qué era. Podría explicarlo de este modo, pero quizá sea falso: cuando aún estaba en la escuela me gustaban más las letras que las ciencias. Pero las letras no eran importantes en mi familia. El padre de mi padre había sido veterinario y mi padre un remedo de médico; se esperaba que también alguno de los hijos se hiciera un nombre a base de curar, de dar cortes precisos y no fallar en los diagnósticos. Un nombre que no renqueara, como le sucedía al veterinario acusado de homosexual en su universidad y al futuro médico que se quedó en practicante. Mi abuelo paterno había tenido tal miedo a las habladurías que se había podrido en el pueblo desde los veintisiete años hasta los cincuenta y tres, cuando murió, atendiendo partos de vaca y caballos llenos de parásitos causados por la mosca de los reznos. Se le pagaba con lo que se tenía. Si trataba a los animales de mi abuelo materno, el terrateniente, entonces había dinero. Con mi padre pasaba lo mismo: muchos de los que iban a su consulta, que era la primera habitación según se atravesaba el zaguán, no tenían con qué pagarle, salvo cardillos limpios de espinas o almorta. Algunas mujeres traían escarola, algarrobas u hojas de remolacha por haberlas atendido a ellas, a sus esposos o a sus hijos. Era mi padre quien se lo sugería. ¿Con qué me puedes pagar?, les decía. Nunca dejaba a nadie sin atender. No nos faltaba de nada, aunque tampoco nos sobraba. Si hubiese sido por mi madre, solo habrían estudiado los varones, pues las hembras únicamente servíamos para llevar la casa y rezar, pero mi padre nos dio estudios a mi hermana y a mí, y además era cuidadoso con nosotras. Nos procuraba castañas, pudin de pan, gachas dulces. Tomábamos azúcar de remolacha. Lo más parecido que teníamos a una golosina era el tronco de las lechugas, que él cortaba en redondel para hacerlo juguete en nuestras bocas infantiles. Mi madre horneaba bizcochos grandes, discretos en su composición porque no siempre se conseguían todos los ingredientes. Había que mojarlos, de lo contrario resultaban secos, o quizá no era esa la palabra, sino escuetos en la boca. Esos bizcochos eran devorados con religiosidad, el Cuerpo de Cristo, sobre todo por mi madre, que ingería Cuerpo de Cristo a diario, que solo quería alimentarse de ese azúcar ralo. También comíamos tortas de manteca de cerdo. La manteca no era buena para la salud según mi padre. Cuando nos amenazábamos entre nosotros decíamos: ¿A que te doy una torta? Mi madre nos decía: Os voy a freír a tortas, pero no pasaba de una bofetada áspera, que se sentía en la cara como un pincho. Si blasfemábamos nos lavaba la lengua con el cepillo de la ropa y jabón. Se nos quedaba en carne viva. Ahora todo eso suena solo a metáfora. Como si nunca hubieran ocurrido tales cosas. Pero antes se cumplía literalmente con lo que el lenguaje dictaba. Se leía literalmente la Biblia. Estaba el Juicio Final, e íbamos a subir al cielo para ver el trono del que salen relámpagos y truenos y voces con cuatro seres vivientes a su alrededor y muchos ojos por delante y por detrás. Todas esas imágenes del poder del Espíritu que debían servir para iluminarnos se convertían en una película de miedo. La literalidad es terrorífica. La literalidad destruía la metáfora, pues todo lo asimilábamos tal cual y sin entender nada. El lenguaje era más literal si venía de la autoridad. Si lo decía mi madre, mi padre o el cura. Si lo decía el maestro. Solo cuando jugábamos, o cuando mi madre se sentaba junto al ventanal después de que mi padre se hubiera ido a visitar enfermos, las palabras se estiraban y respiraban. No era la ignorancia lo que nos llevaba a ser literales, sino el espanto.

Pero lo que yo quería decir aquí es que no tuve vocación, sino legado. Nunca supe en qué consistía salirme de él. Mi abuelo paterno era un veterinario fracasado, mi padre era un médico fracasado y mi camino debía enmendar el error. Tenía el mandato de no fracasar. Esa era la orden, el deseo de mi abuelo heredado por mi padre heredado por mí. ¿Y en qué consistía el fracaso? Quiero decir, ¿cuánto éxito me convenía alcanzar para que no me considerasen una fracasada?

HIJA: El amor de mi vida era mi madre. En sus últimos meses llevaba una existencia misteriosa. Despojada de los problemas cotidianos y de los de un futuro que ya no iba a tener, y que siempre la había obsesionado hasta la náusea, ahora era apenas un hilo mortecino amenazando con extinguirse. A medida que se debilitaba, la fue invadiendo una extraña calma. Todas sus fuerzas se concentraban en lo imprescindible; se había aligerado de tal forma que empezaba a haber en su cuerpo algo sagrado por elemental. Aquello de lo que depende la vida fue de repente visible en ella, en su universo pequeño: caminar por el pasillo, comer, respirar, funciones todas hechas con esfuerzo. En ese universo diminuto, humilde, había grandeza y un misterio absoluto, y ella comía, respiraba y caminaba con esa grandeza, evidenciando que la existencia está hecha de tan pocas cosas que parece un milagro.

De adulta estuve quedándome los veranos en la casa de mi abuela hasta que se demenció. La última vez, me ordenó dormir en el cuarto llamado del Corazón de Jesús por encontrarse junto al altarcito con la talla de Jesús señalando su corazón. Antes había sido el cuarto de las criadas. Yo siempre había tenido mi habitación en el piso de arriba, donde entraban las salamanquesas que de noche volvían a la calle para cazar insectos junto a la farola. Salían por las grietas del marco del balcón, que cerraba mal. Todo el techo estaba lleno de esos reptiles. Tenía miedo de que se me cayeran encima. Cuando mi abuela me hizo dormir en el cuarto del Corazón de Jesús, antiguamente la habitación de las criadas, ya solo había trastos en el piso de arriba. Me desperté una noche con la sensación de que mi abuelo, o mi bisabuelo, jadeaba junto a mi cama. Sentí incluso el vaivén del colchón. Mi abuelo llevaba años muerto cuando tuve ese sueño. Yo solía rondar su despacho. Iba al mueble acristalado en el que guardaba las medicinas. Tenía una caja de Viagra. ¿Aguantaba mi abuela, ultracatólica que no soportaba hablar de sexo y para quien las mujeres eran todas unas putas salvo las monjas, los embates de la Viagra?

Mi abuela me metió en ese lugar, junto a la talla del Corazón de Jesús, y yo sabía que era lo previo a no quererme más en la casa. Hacía años había caído en una depresión cuando falleció su hijo Felipe, el que era Down, y se repuso, pero desde hacía un tiempo empezaba a no querer relaciones con el mundo de los vivos. No soportaba que yo encendiera las luces por la noche y se levantaba durante la madrugada a gritarme. Me resigné a desvestirme con una linterna. A partir de entonces mis visitas se redujeron a tres comidas anuales. La habitación de las criadas era como la vitrina de mi abuelo: no tenía llaves, estaba abierta. La puerta no encajaba y los cristales que la remataban hacían que la luz se esparciese por el recibidor. No tuve la impresión de dormir en una habitación, sino en un lugar de paso, como si me hubieran hecho un hueco en algún rincón del pasillo. ¿Tendrían las criadas la misma sensación de no descansar a resguardo del resto, de ser un objeto más de los propietarios de la casa? ¿Eran como los medicamentos de la vitrina de mi abuelo? ¿Uno se tomaba una criada o una aspirina, o había una guerra entre las criadas y mi abuela, y ese remedo de habitación era una venganza de mi abuela, el aviso de que no habría un solo movimiento de ellas que no pudiera ser espiado y juzgado? Las criadas podrían haber dormido en la fría cámara, más inhóspita y sucia y pobre, pero al menos allí habrían tenido su privacidad sucia y pobre, y podrían haber ido y venido y hablado entre ellas; sin embargo, se les había reservado una habitación donde debían estar calladas y quietas y al albur de que cualquiera abriese la puerta cuando se le antojara. Al llegar yo con seis meses a esa casa para que mi abuela me cuidara ya no había criadas, solo una mujer que venía una vez a la semana para ayudar a lavar la ropa. No había lavadora y era muy fatigoso para una persona sola hacer una colada. Esa mujer se llamaba Sixta, y se quitaba la dentadura postiza para la faena porque no era capaz de restregar las prendas con la boca cerrada. Los vaivenes hacían que la dentadura se le cayera al agua. Estuve viendo a Sixta hasta mis ocho o nueve años. Luego mi abuela se compró una lavadora y Sixta solo vino de visita. Se fue encogiendo hasta que al final casi no se le distinguían los rasgos de la cara, y el cuerpo se le quedó enjuto y seco como una zapatilla de esparto. Era de la edad de mi abuela, pero murió antes. A mi abuela no había quien la matara. Nos iba a sobrevivir a todos, le decíamos, y eso de alguna manera nos gustaba y a ella la halagaba. Sonreía de una forma que hacía pensar que se imaginaba sentada sobre una tumba gigante de la que solamente ella tenía la llave. Era el custodio de nuestro lecho de muerte, como si solo así estuviera segura de mantener unido al clan.

ABUELA: El tercero de mis hijos dormía como si fuera un cadáver, con las manos cruzadas sobre el pecho. Se levantaba por las noches y se iba hasta el patio; hacía ruido porque había que abrir varias puertas, y yo siempre he tenido el oído fino. Me daba tiempo de alcanzarle y evitar que se fuera a la calle en calzones largos de algodón, con los ojos semiabiertos y sin mirar nada, como si se observase hacia dentro o, y esto me asustaba, como si mirase hacia algo que los demás no podíamos ver. Yo tenía hijos muertos que salían por el váter al segundo o tercer mes de embarazo. Parecía que mi hijo tercero fuera uno de estos niños muertos por obra y gracia del Espíritu Santo. Mi hija mayor me acompañaba cuando mi hijo se levantaba sonámbulo. Permanecía junto a mí, y sé que, si yo no hubiera estado, le habría puesto ambas manos sobre los hombros para conducirle con delicadeza hasta su cama. Como si también ella se diese cuenta de lo importante de que mi hijo no se despertara de golpe y se le mezclasen los dos mundos, el de los vivos y el de los muertos. ¿Eran mis hermanos asesinados quienes habitaban en él? ¿Alzaban los brazos para señalar en su cuerpo las balas? ¿Caían al suelo todo el rato dentro de mi hijo? ¿Trataban de huir?

HIJA: La máquina de rayos X estaba en el despacho de mi madre, que decidió abrir una consulta privada. Por las mañanas trabajaba en un centro de salud y por la tarde recibía a pacientes en casa. Estaba de moda que los médicos tuvieran máquinas de rayos X, y se compró una. En aquella época se hacía todo a la ligera, o tal vez era mi madre la que hacía muchas cosas a la ligera. Creo que no tomaba precauciones al exponerse a la máquina, y yo me acostumbré a jugar en ella. Me montaba en la plataforma, accionaba el botón de los rayos, ponía la mano en el panel y me veía los huesos. ¿Cuánta radioactividad debe de haber acumulada en mi cuerpo tras pasar horas y horas mirándome el esqueleto? También llevé a la plataforma a mi mejor amiga de aquel tiempo, una vecina que tenía trece hermanos, cuyo padre era camionero y que dormía en cualquier rincón de su casa porque con tanta gente nadie se acordaba de ella. Mi amiga y yo nos montábamos en la máquina, la encendíamos y nos mirábamos las costillas y el cráneo. Nos reíamos y hacíamos muecas, y nuestras calaveras eran siempre igual de inexpresivas, como si por dentro no nos habitara nadie, como si fuéramos un mecanismo simple que alguien accionaba por aburrimiento. Nuestras calaveras no nos asustaban.

Era muy oscura aquella habitación. Era oscura por el día y por la noche, y solo se abría la ventana cuando mi madre estaba en ella. La penumbra era más sugerente que la luz, y cuando yo empujaba la puerta para entrar, tenía siempre la impresión de que el espacio se había multiplicado, de que allí no me esperaba solo una mesa, una camilla, la máquina de rayos X y unas cortinas de flores, sino que había varios cuartos y sobre todo que estaban habitados. ¿Por qué cuando somos niños nunca estamos solos y siempre hay alguien debajo de la cama o respirándonos en la oreja?

Al dejar mi madre la consulta privada tras pedir el traslado a Valencia, la máquina se vino con nosotros y fue aparcada durante años en una habitación de paso, entre el baño de mi padre y la cocina, supongo que por si a mi madre le daba por volver a abrir una consulta, o quizá simplemente porque había hecho una inversión con aquella máquina y le dolía tirarla. ¿Era peligroso tenerla en casa? ¿Soltaba radiactividad estando apagada? No lo sé. Podría averiguarlo en internet. Debido a mi hipocondría, sentía que la máquina de rayos X me había precedido, como si yo hubiera nacido de un mecanismo contaminado y fuera un pequeño monstruo al que todavía le faltaban unas cuantas mutaciones para lucir todo su horror. También mis parejas han sido capas de radiactividad. Así el hombre de la barba:

Una vez ido,
saco la cama al balcón
que se airee
la tela del juicio.
Hay palabras enfrente
haciendo el amor en 7 segundos,
ensayan para ir a un programa
donde rompen
       tablas,
acumulan sábanas manchadas
hasta que alguien ofrezca
su carne en sacrificio
que será devorada por nosotros los espectadores.
La cama en el balcón, todavía.
Los inviernos se agolpaban
en las paredes

llegaba la primavera sin que supiéramos
qué hacer.
Silencios
en ruidosos bares
donde no hacía mucho habíamos
          alcanzado esa temperatura
          tibia pero decisiva.
Botellas de cerveza,
el circuito de Mónaco:
los habíamos confundido con el amor.
Sin duda tengo ideas preconcebidas,
Platón estaría orgulloso de mí.

ABUELA: Hacía todos los días dieciséis kilómetros en burra para llevarle a mi padre, que estaba preso, comida por un camino lleno de soldados. Todo el mundo sabía quién era yo y me respetaban. Las primeras semanas, antes de que le encarcelaran, se decía guerra y era decir fiesta, todo patas arriba como en los hornazos o la romería de San Isidro o el día de la Virgen. Estábamos pendientes de lo que iba a pasar y queríamos que fuera algo bueno, un baile, bandejas de hojaldres con miel, la banda de música, los títeres, algún santo con su hornacina llena de flores. ¿A quién nos podríamos encontrar? ¿Con qué música que no conocíamos nos acostaríamos esa noche? ¿Hasta qué hora nos dejarían a mi hermana y a mí correr entre las carretas de la romería? ¿Cuántas palmas cubrirían el suelo? ¿Sería posible que hubiese una montaña de palmas y que pudiéramos pegar saltos en ella? ¿Que nuestros padres se despistaran y que en las casas no apagasen los candiles? ¿No podíamos acaso esperarlo todo, y que en ese todo estuviera también lo maravilloso? Estuvimos diez días sin que nadie matara aún a nadie, fingiendo compunción delante de los otros cuando nos enterábamos de los fusilamientos en los pueblos de alrededor. Iban a quitarnos las tierras, eso decían las criadas, y era raro oírlas porque no se sabía desde dónde hablaban, si desde la alegría o la pena, si me odiaban o me querían, si se burlaban de mí o estaban tan desorientadas como yo, pues ahora parecía una cosa, ahora la otra, y entonces todos nos comportábamos con los demás de una manera un día y de otra distinta al siguiente, y no por la palabra, porque decir no decíamos gran cosa salvo que nadie quería que le pasara nada malo a nadie. No hablaban las criadas, no hablaban los hombres que se iban al campo, no hablaban mi madre ni mi hermana ni mi maestra. No hablaban por la boca, pero sí por el cuerpo. Las costillas y los corazones y los cabellos estaban envalentonados y a continuación temerosos. Nunca habíamos sentido tantas cosas distintas los unos por los otros en tan poco tiempo, según pensáramos que íbamos a estar por encima o por debajo. Todavía no sabíamos nada de mis hermanos; no podíamos imaginar lo que les iba a ocurrir. Los mismos hombres a los que mi padre daba a veces trabajo en el campo venían sucios con un fusil al hombro y la boina quitada y puesta en el pecho en señal de respeto, como siempre habían hecho, y le decían a mi madre: Perdone, señora, pero la casa la tenemos que registrar. Nos quitaron primero el dinero y las cosas que había de valor para venderlas o quién sabe, como las joyas de mi madre. Cuando le arrebataron sus joyas sí hubo un gran disgusto y guerra significó algo negro, y cuando apresaron a mi padre. En las semanas siguientes se llevaron las gallinas, los quesos, la miel, los jamones, toda la carne de la matanza, y también mantas y colchas bordadas y mantones de Manila y medias y vestidos y pantalones, y nos dejaron con una muda a cada uno. Estábamos toda la familia junta excepto mi padre, detenido en el pueblo de al lado, y mis dos hermanos mayores, que se habían quedado trabajando en El Feriar y sobre los que no teníamos noticias.

HIJA: Vuelvo a los poemas sobre el hombre de la barba:

> *Me pican las ranas del estanque,*
> *se meten en mis bolsillos.*
> *Dos llamadas tuyas y espero*

una tercera.
Pero hay trampa en la alforja
y me persigue un perro.
Le tengo miedo
a su simpatía.

«Alforja» es una palabra ajena a mí. No soy motera. Digo «alforja» y pienso en las alforjas antiguas, las que se ponían en los lomos de los animales. ¿«Alforja» es una palabra habitual para un motero? En mi más temprana niñez ese término aún se usaba, pero no tiene nada que ver con el hombre de la barba, un urbanita que a veces vestía con traje porque los políticos y los jueces le invitaban a comer. Se gastaban quinientos o seiscientos euros en cada comida. ¿Las pagaban con dinero público? Los que están arriba tienen que notar que están arriba, me dijo el hombre de la barba, y no era una acusación, sino el reconocimiento de un hecho natural, algo así como: quien tiene el pelo castaño ha de verse el pelo castaño cuando se mira en el espejo. Durante el tiempo que vivió en mi casa, el hombre de la barba se planchó sus trajes y sus camisas. Yo nunca he planchado nada, prefiero ir arrugada antes que ponerme a planchar, así que el espectáculo del hombre de la barba en mi salón con una vieja plancha que me había regalado mi madre, y que yo no había utilizado jamás, me parecía exótico. El hombre de la barba llamaba a esos políticos y jueces «mis fuentes». Hoy he quedado con una fuente, me decía. A veces esas fuentes le telefoneaban muy temprano por la mañana con secretos frescos con los que manchar a alguien del partido de la oposición o de su propio partido. Nos despertaba un ministro, un portavoz, un consejero. El hombre de la barba tenía información que nunca salió en la radio ni en ningún periódico, información referente, por ejemplo, a ciertas prácticas sexuales. No eran raras ni patológicas, pero sí resultaba estúpida la manera en que esos individuos importantes del Gobierno las divulgaban entre sus amigos. Se trataba de algo irrelevante en lo que respectaba a las responsabilidades de esas personas, pero que podía acabar con sus carreras políticas. Hoy sigo sabiendo cosas de exministros y portavoces que jamás le he contado a nadie a pesar de que son anécdotas suculentas, y me pregunto a quién le guardo fidelidad.

ABUELA: Tuve más abortos que hijos. Cuando iba al baño, de repente había sangre y coágulos que eran como trozos de bebé. No quería mirar por si acaso me encontraba con una mano. O peor: con un ojo. Un ojo mirándome, escrutando mis muslos, mis carnes tan elásticas y blancas, mi cara asomada a la taza del váter, mis ojos delante del ojo que me iba a recriminar que lo hubiera expulsado de mis entrañas. Una vez vi una boca de niño y salí corriendo antes de que esos labios se movieran para decirme algo. Era un váter antiguo, sin cisterna; había que echarle cubos de agua, pero ese día no eché nada. Luego, por la noche y por el día y de nuevo por la noche, porque cuando salía la sangre me obligaban a estar en la cama por si acaso el aborto se paraba, por si el corazón del engendro había decidido quedarse dentro y como rabo de lagartija pegar brincos hasta que floreciera otro ser, ya no era sangre la forma de ese aborto aunque siguiera manando de mi vientre, sino sombras que llegaban, que flotaban por el cuarto, espectros que iban por toda la casa buscando cuerpos en los que encarnarse, porque yo no les dejaba acercarse a mí y tenían que irse a otra parte, y eran suaves y proyectaban frío. Dicen que en un lugar hay muchos fantasmas si se nota el frío. Nuestra casa se iba quedando helada. Parecía que el invierno no se iba, sino que se acumulaba en las paredes, y luego venía otro y se volvía a acumular, y así. ¿Eran los inviernos o los hijos muertos? Se oían llantos. En el piso de arriba, donde no dormía nadie, también se oían pasos por la noche. Pasos cortos, irregulares, como los de una criatura que no sabe dónde va. Había criadas durante la madrugada: ellas extendían el frío, y sus hijos que aún no habían nacido, pero que ya pululaban por la casa, hacían crujir los muebles, soplaban para que sus hálitos atrajesen los paseos prohibidos. Después de siete abortos seguidos tuve a mi hijo tonto, llamado hoy síndrome de Down. Era el más bueno y más feliz, y para mí el más listo, y murió tan pronto que casi se me hiela el corazón, aunque me recuperé para Dios.

HIJA: El hombre de la barba y yo tomábamos todos los desvíos, y a aquel afán por salirnos de las autopistas y recorrer la maraña de carreteras mal pavimentadas y estrechas no solo lo movía el deseo de adentrarnos más en el paisaje, ni de conocer pueblos cuyos nombres ni siquiera se anunciaban en los carteles de la autovía. Estábamos buscando algo que tenía que ver con la muerte. Cuando se situaban en colinas, los cementerios de aquellos pueblos exponían su ralo y soleado interior blanco, modestamente bello en su insignificancia, con su limpieza y sus flores de plástico. Estando en ellos nos costaba creer que no hubiera una vida inextinguible. O quizás es que allí la idea de desaparecer no resultaba terrorífica. Tal vez la aceptábamos por su belleza simple de paredes blanqueadas, fotos en blanco y negro sobre las lápidas y los cipreses rodeados de parterres con hermosos rosales. ¿Para qué más?

ABUELA: Creo que ya he dicho que mi padre estuvo preso casi toda la guerra, primero en el pueblo de al lado y después en Jaén, donde por poco no le fusilan. Hasta que no vino la paz, no le dijimos nada sobre mis hermanos mayores, porque tuvimos miedo de que eso le enfermara. Cuando llegó a nosotros en un tren, mi madre le abrazó y le susurró al oído que habían matado a sus dos hijos. Entonces mi padre se quedó sordo de ese oído.

HIJA: No hay causas que lleven a un efecto, sino una infinita repetición de estructuras a las que poner freno. Se trataba entonces de no repetir. ¿Contar las cosas es repetirlas?

Si las paredes hablan en mi contra
no quiero saberlo.
Las horas que deseé tu muerte,
pues no seríamos suficientes
para atravesar la frontera
antes de que la confusión nos completara.

Quién eres tú, quién soy yo,
de qué parte el viento se ladea,
cuánto rencor para necesitar suturas.
Los abandonos son redundantes,
consisten en golpear la cabeza
con la misma piedra
hasta estar seguros de la fuerza del golpe.

MADRE: Todo lo que nos afecta decisivamente actúa como una impregnación: no podemos separar ya nuestra materia del acontecimiento, y eso no es algo que simplemente se nos adhiera, sino que nos transforma. Por ejemplo cuando me caí redonda en la operación de ojo.

HIJA: Siempre había imaginado la escena por la noche, e incluso juraría que yo estaba en la mesa de la cocina de mi abuela cuando ella me contó el suceso, pero no estoy segura de no haber mezclado cualquier mediodía en el que me refiriera algo del pasado con alguna fabulación mía, o con historias escuchadas a otras familias. ¿Y qué me relataba? Casi nada. No se le podía preguntar; había que dejar que hablase y quizás entonces caía alguna migaja. Si se le preguntaba, se ponía en guardia y te culpabilizaba por fisgar. ¿Qué escondía? ¿De qué podía sentirse acusada? ¿Acaso me protegía? Esto era lo que, durante mucho tiempo, compuse en mi cabeza:

Noche de septiembre de 1936. Dos hermanos de dieciséis y diecisiete años. El mayor, Sebastián, estaba decidiendo si debían esconderse, pues sabía que los podían matar. El pequeño, Roque, no pensaba nada sobre si era mejor irse o quedarse. Esa decisión tenía que tomarla el mayor. Roque solo sentía un miedo sanguinario en las piernas y pegaba patadas al suelo y a las piedras, como si pudiera acuchillarlas y como si el suelo y las piedras fueran su hermano y él. Su hermano y él, pensó, eran sus peores enemigos, y daba igual lo que decidiesen. Eran los hijos del señorito. Pensarlo le daba náuseas. No podía comer y bebía para no marearse. Era zurdo; en la academia le pegaban por eso. Ahora deseaba no haber dejado la academia. No se le daba mal estudiar, el torpe era su hermano. Quiso decirle que debían haberse quedado en el internado, y también que notaba en su cuerpo cómo ya no había ninguna decisión que tomar. Pero dudaba de su intuición. Por la mañana salían a soltar las ovejas y a llevar la piara a la charca. Su hermano se dedicaba a arreglar las porqueras mientras él alimentaba a los borregos huérfanos. A esos lechales los sacrificaban enseguida. La carne de los lechales huérfanos sabía distinta. Le gustaba que los borregos se le acercaran, que se arracimasen en torno a sus dedos para chupárselos. Pero esa mañana no los alimentó porque no podía estarse quieto. Se arrepintió: los borregos balaron hasta que, en la tarde, mandó a la mujer del capataz con la leche. No acudió a comer, y antes de la siesta su hermano le preguntó si estaba enfermo. No estoy enfermo, dijo. Habría seguido caminando de un lugar a otro por la dehesa, parando a refrescarse en los pozos, pero todo estaba detenido por el calor. Ese detenimiento le asustaba. Tuvo la impresión de que el ganado iba a morir. Luego sintió que el calor no era tal, que se trataba de su cuerpo y de la sensación que le perseguía desde aquella mañana. Nos van a matar, le dijo a Sebastián cuando este abrió los ojos. Sebastián se había quedado en una mecedora, con la escopeta apoyada en la pared rozándole el dorso de la mano. Desde el 18 de julio iban con las escopetas a todas partes. Y nunca las habían usado menos. Ahora no se atrevían a disparar a las liebres ni a las tórtolas. Los tiros que se oían a lo lejos ya no eran de caza. Sebastián pensó que era inútil quitarle el miedo a Roque. En la academia pasaba lo mismo: durante los recreos no se separaba de él más de dos metros. Aunque no se hablaran, Roque procuraba no alejarse. Temía que sus compañeros de clase le dieran una paliza. Sebastián se había alegrado de que su hermano dejara los estudios. No porque le arredrase trabajar solo en las fincas, sino porque a su hermano le faltaban agallas. Antes de que les metieran internos era otro cantar. Pero al llegar al internado la comida de los curas y las habitaciones de cincuenta camas con olor a orinal le volvieron imbécil. En pocos meses se quedó flaco y blando. No hablaba con nadie. Leía por su cuenta la Biblia. Parecía una beata. El campo, pensaba el mayor, te hacía hombre, y eso era lo que necesitaba su hermano. El campo te dejaba la piel dura. Había que enterrar la bota entre la mierda de los guarros

y atender el parto de las yeguas y agarrar los cochinos para la matan-
za y meterles el gancho en la mandíbula y descuartizar. Había que
levantarse a las seis, beber aguardiente en el desayuno para aguantar
el frío del invierno, vigilar el ganado. Vendían cerdos ibéricos, corde-
ros, leche, aceituna y cereal. Siempre había trabajo. Ahora su herma-
no y él ya estaban en ese proceso en el que la cara se aja por el sol y
la intemperie, los hombros se agrandan, las piernas se ponen recias.
Él no había querido creer en la guerra, pero ya no podía ignorarla y
se notaba nervioso. ¿Qué pensaba el capataz?

El capataz sabía que no bastaba con la buena fama que se había
granjeado Bartolomé Grande por no ser un vago de los que arriendan
sus tierras, por trabajar mano a mano con sus jornaleros. Se habían
extendido las ideas socialistas y los jornaleros estaban hartos de la
miseria y de ser tratados como animales. Ignoraba qué estaba sucedien-
do en las otras fincas. Hacía días que no venía nadie del lado oriental.
Solo pasaban camiones militares con soldados y presos. Antes o des-
pués se presentarían a por los hijos de Bartolomé Grande y sería un
gran crimen, pues al fin y al cabo todavía eran unos chiquillos.

Roque había abierto una botella de vino tras intentar comerse sin
apetito unos calostros con pan. Entre su hermano y él se terminaron
la botella mientras la mujer del capataz les reñía: no era hora de em-
borracharse, su padre jamás bebía más de una copa en la cena, pero el
menor abrió una segunda botella, y cuando iban por la mitad sugirió
dar un paseo por el campo. Había luna; la claridad les permitía ir de
un sitio a otro y avistar movimientos. El vino no le había quitado la
angustia al menor, aunque no era esa la excusa que puso para que
salieran, sino que hacía demasiado calor para dormir y que además así
podían también ver qué pasaba de noche en los caminos mientras se
acababan la botella. Pero no se sentaron ni mencionaron la carretera
cuando pudieron verla; el menor iba hacia delante, dando algún rodeo
para disimular que ese baile de su hermano y él en la oscuridad, de una
encina a otra y con dos escopetas, era ya una forma de huir, o de otear
lo que tardaría el enemigo en llegar hasta ellos, como si en el aire de
esa noche hubiera sucedido todo. Era raro que el menor no pensara
en eso inevitable como un futuro inmediato, sino como un pasado muy
lejano, como si hiciera años que los hubiesen matado a los dos, o más

precisamente como si los estuvieran matando todo el rato. No le extrañó verse rodeado de cuatro hombres cuyas ropas olían a zorruno. Les quitaron las escopetas sin que ellos opusieran resistencia, tan asombrado estaba el mayor y tan rendido el menor. Al mayor aún le dio tiempo a decirle al menor Me cago en tu puta madre antes de que uno de los hombres les dijera que venían a vengarse de don Bartolomé Grande. Le puso un trapo en la boca al mayor para que no gritara mientras otro, el más viejo de ellos, le clavaba en el pecho un cuchillo largo de matarife. El menor, a quien habían agarrado entre dos, vio a su hermano en el suelo, convulsionándose. Luego todo fue un dolor intenso en el cuello, porque a él le rajaron la yugular. Los hombres los enterraron junto a una charca, donde la tierra se removía con facilidad. Se limpiaron la sangre y el barro con agua de un pozo y huyeron con la certeza de que tampoco les faltaba mucho para que una muerte igual de cruel les saliera al paso.

ABUELA: No es eso lo que yo le había contado. Ha escrito lo que le ha dado la gana. A mi hermano mayor sí se le daba bien estudiar. Mi padre no dejaba vino en las fincas. Lo llevaba cuando había una celebración. Despreciaba a los borrachos. Y nunca supimos cómo los mataron. Nos dijeron que estuvieron detenidos cincuenta días en una sala de la estación de El Feriar porque nuestros jornaleros les acusaron de apoyar a los sublevados. Que los fusilaron de madrugada y que yacían en el cementerio. Mi padre lo hizo levantar cuando se terminó la guerra, pero no los encontraron. Guardo el recordatorio con el retrato de mis hermanos, que mi madre repartió el 8 de septiembre de 1939 en la misa de difuntos. Lo llevo en el libro de oraciones que va conmigo por toda la casa, o lo meto en el bolsillo de la rebeca en invierno y en los bolsillos de los vestidos en verano. Sus muertes todavía me queman. Sus cuerpos no encontrados descansan en el mío, por eso no me compro nunca rebecas ni vestidos sin bolsillos.

AGRADECIMIENTOS

A Rubén Bastida, María Lynch, Albert Puigdueta, Lourdes González, Daniela Martín Hidalgo y Constantino Bértolo por la lectura atenta y los consejos.

A Fernando González Ariza, Ana García Navarro, Nere Basabe y José Ramón Marcaida por los datos.

A Joaquina Fernández, *in memoriam*, por la luz.